一扇窗

马振霖 著

海峡出版发行集团
海峡文艺出版社

图书在版编目(CIP)数据

一扇窗/马振霖著. 一福州:海峡文艺出版社,
2020.7(2024.3 重印)
ISBN 978-7-5550-2263-3

Ⅰ.①一… Ⅱ.①马… Ⅲ.①诗集－中国－
当代 Ⅳ.①I227

中国版本图书馆 CIP 数据核字(2020)第 079744 号

一扇窗

马振霖 著

出 版 人 林 滨
责任编辑 林可莘
出版发行 海峡文艺出版社
经　　销 福建新华发行(集团)有限责任公司
社　　址 福州市东水路 76 号 14 层
发 行 部 0591－87536797
印　　刷 三河市兴博印务有限公司
厂　　址 河北省廊坊市三河市杨庄镇大窝头村西
开　　本 787 毫米×1092 毫米　1/16
字　　数 160 千字
印　　张 13.75
版　　次 2020 年 7 月第 1 版
印　　次 2024 年 3 月第 2 次印刷
书　　号 ISBN 978-7-5550-2263-3
定　　价 69.00 元

如发现印装质量问题,请寄承印厂调换

"精巧的翅膀"能飞翔

——序马振霖诗集《一扇窗》

/哈 雷

2018 年马振霖回到诗歌写作中,这距离他热火朝天地创办闽东青年诗歌协会并兼任秘书长,已 35 年。

时光可以磨损一个人的身体,但诗性的焕发却可以给他带来第二春——如一个推着童车走入芦苇深处的老人,"推着天空飘浮的懒散/背影,驻足,芦苇凋败一片/春天期待"(马振霖《芦苇与老妇》),他也给我带来了春天的期待。

20 世纪 80 年代是诗歌的黄金时期,正处于青春激荡的年华,马振霖与诗歌之间的关系就是一种生命精神的默契,理想主义的浪潮下,诗歌起到了唤醒自由、激励心灵、确立自我的作用。

诗歌埋下的种子,会一时沉睡,但不会烂根。何时重新眷顾、生根发芽,完全取决于一个人内心土壤的觉醒。

马振霖从一家繁忙的都市报执掌者的位置上退下来,一种惯性生活的方式戛然而止,突然感到眩晕和失去平衡。是年轻时钟爱之物——诗歌,深情地伸出手来,将他扶稳。他在《第五季》一诗中写道:"一年只有四季/为什么不能有五季/这一季只为后悔生活/一切重新排序……"

有位诗人在谈起诗歌和个人的关系时说,诗歌是他的第六根手指。同样,在马振霖这里,诗歌就是他的第五季,呈现出与人生四季不同的光彩。

也正因为有了诗歌，在人生迷惘的路口，他找到了重新出发的路。这种意义上，诗歌让他有了"拯救了自己"的意味，并带来人生重要的第五季。

于是，我看到他沉浸在诗歌写作的快乐中，这种快乐其实也包含着他重新认识诗歌的迷惘、探索、求证和写作的全过程。他开始在一些杂志上发表作品，网络的便捷使他的写作能即时和读者交流，许多网络平台乐于推送他的新作。哪怕是并不完全成熟的文字，只要有几句闪光的句子，就会被读者和诗评者发现——这得力于他对诗歌始终抱着谦卑的态度和学习求索的精神，他总是把自己放在学生的位置上，这和诗坛上浮躁狂妄、自以为是的一些写作者迥然不同。在去功利性写作中，马振霖抱着信徒般虔诚的心情，一步步走在文字修行的路上。他总是写后改，改后写，听取别人的意见提升自己，网络又给他提供了这种可能性。

曾经，我和他在厦门的亚洲海湾大酒店的杜果树下一夜谈诗，他几乎把自己的诗都当作初作，不断修改，食不甘味，夙夜为诗，俨然是一个诗歌的修行者。他已经很享受这样的生活了，在他的《这样的日子属于自己》中，他谈到了这种感受：

打从今日
可以席地而坐
谈论隐藏的悲欢离合
谈论轮回生死
可以在阳光下洗涤
闲言碎语
活着，毫无顾忌

从此拥有，这风，这云
这一湾晶莹
每个清晨都归自己
归我，每一次自由的呼吸

　　新回归的诗人面临的考验是，要脱出惯性思维，摈弃任何的废话、假话、套话、俗话。过往的一些抒情方式和陈词滥调，都会损伤诗歌。要确保诗歌的新鲜度、审美的陌生感，头三两句就能抓住读者，形成张力。诗歌文本是极具创造力的艺术存在，需要个体化和"不一样"，以叛逆者的形象出现。所以，美学大师朱光潜才会说："一切纯文学都要有诗的特质。读诗的功用在于使人到处都可以觉到人生世相新鲜有趣，到处可以吸收维持生命和推展生命的活力。因此能欣赏诗的人不但对于其他种种文学可有正确的了解，而且也决不会觉得人生是一件干枯的东西。"

　　亚洲海湾大酒店之夜，我们更多的是谈诗歌语言和形象的塑造，如何从同类题材作品中独立出来，赋予它新鲜的词义与内涵，让每一句都接地气，具有及物性和活力。从"土气"写作中探寻本土化、民族化、中国化的诗意；从平面化的乡土诗歌经验，转化为切身的、有"实感"的生命感受；从口语中也能提炼出智性、趣味性、悲悯度，用现代人说话的方式，写耳目一新的诗。

　　我们还从一个个简单的事物开始联想，如一棵海葵、一面镜子、一杯茶等，发现不同物象和思想的关联度、黏性、互文性、自治性；定位出一首诗的锚点，它的深水度、时间刻度、能见度以及它和命运、尊严、生存、繁衍等等之间的隐秘关系和共同

"精巧的翅膀"能飞翔

体。诗歌把隐喻连接到人类普遍的情感上，我们感受诗歌重返文字最初的起源的那种快乐和创造性……一首诗开启读者暗合的内心呼应，就是诗人带领读者通往未来世界的途径。

终于，在这个病疫蔓延的春天，他从微信上传来一本诗集的样稿，书名为《一扇窗》，取义来自"上帝为你关上了一扇窗，一定会为你打开另一扇窗"这段话。人生走完了四季，但还有第五季等着你，这个第五季恰恰是不分性别、年龄、资历，也不论财富、经验、舞台等，只关乎心灵。

我说过，艺术是用来玩的，闲者慧心，不是说诗歌可以脱离大时代写作，不关注人类命运，不需要疼痛感。恰恰相反，要有更悲悯的情怀、更冷峻的目光、更透彻的灵魂和更谦卑敬畏之心从事诗歌写作。古人所言的"玩味之心"，就是指能够静下心来，细心体会事物其中的意味，体验、研习、联想，从中获取艺术创作的真谛。

正如马振霖那样，在退休后的第一天，他突然感觉到自己住在意象纷呈的湖畔高楼，有一种久违的气息——周围的湖畔有着"未曾体验过的陌生"，开始倾听"林间落叶的声响"。从"独行者的背影"里去"翻阅你的黄昏"，从太阳酷热中找出"夏天的欲望"，推测"谁用口红画了块饼/贴在天上/烤熟了岛的南端"。生活并未因为退休而落寞，诗歌给了他更加馥郁的心灵世界和感知世界的能力！

叙利亚伟大的诗人阿多尼斯说到中国诗歌的时候有这样一句话：没有诗歌，就没有未来。这对于一个国家和民族而言应该是如此，对一个人也是如此。诗歌是让皮囊变成一个真正意义上的人的一种可能，一个人如果丧失了远方精神和理想化心理，那离衰老就只剩下一步之遥。

我和马振霖谈论更多的，还是关于诗歌的语言。在摒弃华丽后，精准表达是第一步，凝练是第二步，通透是第三步。诗歌是最质朴的艺术，只属于心灵。质朴的、真实的，才是最有筋道的。诗从简单的语言、熟悉的场景、日常的生活中提练出来，避开惯常的语境，写出不一样的感觉。在这个意义上，现代诗倒像是棉麻布衣，接地气，有点土气，又很透气，于叙述处见出玄机，于日常里照见神性，于自然中发现诗意。

我欣喜地看到马振霖最近的诗简短有力，奇警、陌生、有张力。他的不少诗作一出现就带来点击潮，受到诗歌评论家的热捧、点评。在这本诗集中已有收录，在此不做赘述。

久居美丽的厦门集美杏林湾湖，湖区内的景致让人叹为观止。每天映入眼帘的，是清波涟漪，晨曦晚照，白鹭翔湖，高楼叠印，有着一个十几公里长的湖畔生态园让他流连于湖面风光。正是这般宁静的生活画面，心灵与情境的相互映照、互为过滤，带出一种祥和的美感，激发了他的唯美主义和浪漫主义的诗情。

和19世纪末英格兰坎布里亚郡湖区诗人华兹华斯、柯勒律治和20世纪初中国杭州西湖的汪静之、冯雪峰等一样，马振霖的诗风也有着质朴、清新、纯真的品质，诗中有大自然的呼吸，有对自然和人世之爱，有万物之大情。他呼唤"杏林湾的白鹭/你能否传一张照片给我/就发到今夜梦乡"。这座被誉为"白鹭的天堂"岛屿上有自由翻飞的白鹭，他从中提炼出"精巧的翅膀"的诗歌意象，从中发现他与世界关联和分离的距离。这是他的爱情与诗情所寄寓的美好物态。无比生动、变幻莫测的画面投射到他的内心，不断激发出他创作的灵感。

马振霖并不满足于浮华的抒情，而是将传统与现代结合，中西融汇，得以熔铸新肌，贯通脉象，给他的诗赋予现代性和多元

"精巧的翅膀"能飞翔

化。不少作品大胆奇绝，气血充沛，像一个不断推着石头上山的西西弗斯，但比西西弗斯更加快乐。至于要不要登顶和登顶的感觉如何，已经不再重要，重要的是他还在写。正如他的一首诗所言：

　　夕阳坠下山崖时叫了一声

　　他喃喃应了一句话

　　答对没答对，他自己都不知道

　　风一下子立了起来

2020 年 6 月 20 日于新西兰北岛梅龙湾一哈间

　　（哈雷，中国作家协会会员，编审，著名诗人。出版《零点过后》《纯粹阅读》《都市彩色风》《花蕊的光亮》《寻美的履痕》等十多部诗歌、散文、评论、纪实文学集子。主编"福建桂冠诗人丛书"和"映像"系列丛书数十部。现居福州、奥克兰两地。）

目　录

第一辑　关上一扇门

第二辑 打开一扇窗

第三辑　大爱是容器

第四辑　时光没日历

第一辑————————————————

关上一扇门

他终于应了一句

枯叶知秋落到他的身上
花朵点缀白发
坐在红鸡蛋树下
红鸡蛋花花期很长

只有风吹过，空旷的湖畔
吹过不动的嘴角
不知道是他忘了时光
还是时光铁锈他

夕阳坠下山崖时叫了一声
他喃喃应了一句话
答对没答对，他自己都不知道
风一下子立了起来

【本怀读诗】这首诗主要呈现某种感觉，这感觉比沉默还要沉默，倘若不是那"夕阳坠下山崖时叫了一声/他喃喃应了一句话"，则诗中情境简直可用死寂来形容。

至于诗为什么如此沉默，乃至死寂，这一方面源于季节，另一方面则源于年龄，另外还因"坐在红鸡蛋树下/红鸡蛋花花期很长"。红鸡蛋花在诗中也许并非只是自然里的一种花，它极有可能还是诗歌主人公某种人生期待的象征。假如像这样解读，第一段的沉默就可理解，并且我也曾有过这样的时刻：往事不堪回首，乃至于往事不愿回首。在这样一个时刻，除了沉默之外，难道还有更好的应对吗？"不知道是他忘了时光/还是时光铁锈他"则是对这种状态精准的刻画，在这一刻，时光与他之间或许早已相互锈蚀了吧。

至于"夕阳坠下山崖时叫了一声"则为通感。即使那夕阳坠下再震撼，它恐怕也开不了口，诗人是将其视觉上的震撼转化为听觉上的突然，这应该只是无意识中的听到，他在那一刻"喃喃应了一句话"则为一种本能回应，"答对没答对，他自己都不知道"以及"风一下子立了起来"则为"夕阳坠下山崖时叫了一声"所制造出的主客观效果。

就整体而言，本诗重在感觉，而非感悟。以我的理解，在诗歌创作中感觉应为其主体，感悟则画龙点睛；诗的感觉可以弥漫于全诗，感悟则应集中于某一点；就一首短诗而言，能在某个方面有点感悟就已足够，倘若通篇都在拼命地表达感悟，那这样的诗一般难以卒读。

家在油画上

别问我家在哪里
家在油画上，青春闪耀
晨曦饱满穿透氤氲
野花在山谷弥漫
一幢小木房，出自安徒生笔下
窗口木格折叠阳光

寂寞的渡口小船上岸
河里真金白银流淌
坝上汗血宝马，纯种雪白
踢着蹄子甩动尾巴
驱赶昨夜残留的香水味
金毛犬叫了

我家就在油画上
长发的她还在山谷外
不用房贷，每天看看充满希望

2019 年 11 月 6 日

【本怀读诗】读完，认定诗所呈现的为另一个版本的世外桃源，甚至比世外桃源还多了些童话味。作为一个现代人，尤其城市的一员，诗中之情景很可能只在诗中、在梦里才会拥有。

诗除了呈现风景之美，还隐含着一场没有结果的爱。"晨曦饱满穿透氤氲/野花在山谷弥漫/一幢小木房，出自安徒生笔下/窗口木格折叠阳光"。在如此美好的环境里谈情说爱，那爱肯定纯粹、纯真，事实却并非如此。"驱赶昨夜残留的香水味/金毛犬叫了"，这油画上流淌的显然还有欲望，而因"我家就在油画上/长发的她还在山谷外"，读者不难感受"我"与"她"的精神世界还隔着相当遥远的距离。"我家就在油画上"，这其中既有自然风景之美，更有诗歌主人公的理想追求之美。

遗憾的是，不仅如此的环境难寻，而且更面临着同道难觅，即使爱人、情人，也未必肯与你一起住到这油画上来。于现代人而言，外面的世界往往让他们觉得更精彩，"不用房贷，每天看看充满希望"的愿景，不过也就看看、想想而已，丰满的理想与骨感的现实之间显然还有着巨大的落差。

挂起杏林湾

慢生活湖畔人家
长着白鹭优雅翅膀
风这时，不敢大声说话
游人脚步轻盈

受不了，鱼儿高贵气质
候鸟迁徙误落湖上
嚷嚷填个肚子，这么麻烦
少了点白鹭绅士素养
你别见怪

夕阳下山之前
我会把杏林湾湖挂起来
就像昨夜，你柔滑的绸缎

2019 年 11 月 8 日

【本怀读诗】读到全诗，感到诗人之联想与想象非凡。"夕阳下山之前/我会把杏林湾湖挂起来"，这有可能吗？谁又能将一座湖整个地挂起来呢？但现实里不可能，于想象却未必不可以，尤其因"就像昨夜，你柔滑的绸缎"之联想，那本挂不起来的湖，仿佛瞬间真如长发披肩被挂了起来。诗人为什么要将这杏林湾挂起来呢？显然是因它的特有之美。既然因种种原因无法在此长住，那么就将它卷起带回并挂起来，以便时不时欣赏，这想法具有相当的合理性，甚至可以说为人之常情。只是一般人可能想不到这一层，或者想到了也不曾将其明确而清晰地表达出来。

至于杏林湾美在哪里，首先在于那份慢生活，其次在于那种原生态，这两点分别可由第一、二节体味。读者可以因"湖畔人家/长着白鹭优雅翅膀/风这时，不敢大声说话"见其唯美、静谧，也可以因"候鸟迁徙误落湖上/嚷嚷填个肚子，这么麻烦/少了点白鹭绅士素养/你别见怪"感受到这湖的原生态，以及候鸟们在此随心所欲。另外，因这样的诗句，你还可感受到马振霖那一以贯之的幽默。

不可能踏进同一条河

年少时光
一起霍童溪畅快
抽筋的大腿差点溺死
初恋，清澈见底
纯真曝光

今天，我又来到这里
花白头发
犯错的小孩
山风一吹，枯叶
满怀

两岸耸崖紧绷一面镜子
我呐喊陡峭
回音，不再是维特的烦恼
重拾不到年少
鱼群逆势驱逐波浪

人的一生，不能两次
踏进同一条河
悖论，这么荒唐

我的身影，流落
溪旁

2019 年 11 月 3 日

【本怀读诗】"人不能两次踏进同一条河流"，这句话来自希腊哲学家赫拉克利特，它所体现的是哲学的辩证法。与之近似的一句则是"人甚至连一次也不能踏进同一条河流"，但其所体现的是哲学上典型的诡辩论，后来经证实是错误的。

"不可能踏进同一条河"，这诗题已相当接近赫拉克利特的论断，诗中情境则为诗人再次回到霍童溪后对生命的回想，其中有童年游戏，有纯真初恋，更有此刻"笋崖紧绷""枯叶满怀"之物是人非。既然人生不再年少，那少年维特之烦恼肯定早已荡然无存。人生因此而多了些通达，却有可能少了纯粹，多了些成熟，却可能没了炽热，更难以保持霍童溪那"鱼群逆势驱逐波浪"一以贯之的豪迈气概。诗所表达的情绪应该说相当普遍，情境则有个体的独特。面对霍童溪，回想自身的少年与青年，回忆那一个又一个生命之痕，"物是人非事事休"之感乃人之常情。"人的一生，不能两次/踏进同一条河"本为古典哲学里的著名论断，却不但被诗人视为悖论，而且还让他觉得荒唐，由此是否能够感受到他的不情不愿不甘心？

是不是这只

当我钓鱼时
你总闭目禅定。独立
水里那截树根上
相互混了两年，熟透果实
不干涉你捕鱼偷懒
湖泊大王
诗人精巧的翅膀

你喜欢傍晚，胆贼肥胖
一头揉红夕阳
一嘴嘻哈月亮
乱改我的千古佳句
黄色臭脚趾
真的，你好烦

白鹭不见了
还有我刚钓的晚餐
前方飞来一只
是你？不是你吗
长得一模一样

2019 年 11 月 9 日

【本怀读诗】诗被呈现为人鸟对话，主要则为诗人对鸟说。读完，我觉得他对眼前之鸟相当熟稔，其观察也十分细致。同时，他面对鸟时心态相当坦然，跟鸟说话的口吻则特幽默。不过，这鸟却好像并非什么好鸟，"捕鱼偷懒""胆贼肥胖""乱改我的千古佳句"，甚至还长着"黄色臭脚趾"，但这应该止于字面。如果仔细品味，诗人对它应该还是很喜欢的，这种喜欢不仅体现于对其姿态的呈现，而且更体现在第三节里对鸟的问询。

诗题则更值得咀嚼。既然彼此混在一起有了两年时间，鸟又有相当大的流动性，再加上鸟一般不会太长寿，这些因素显然可支撑起"是不是这只"的疑问。"前方飞来一只/是你？不是你吗/长得一模一样"，因这问询，我感受到了诗人那瞬间的恍惚：即使他在心底认定眼前这只鸟还是他熟悉的鸟，但此刻飞来的独立在水里那截树根上的鸟，未必就是他两年来相伴的旧友。

整体而言，本组诗注重对感觉的再现，而感觉主体则为人到中老年之后常会产生的物是人非之感，另外还有其对田园生活的向往以及这种向往难以变成现实的迷茫。诗人对感觉的把握比较精确，对感觉的呈现比较具体，在语言运用上则比较感性，并且多在感觉之外得到了某种感悟，也让读者能够受到某种人生的启迪。

不过，我个人以为诗的语言、意象等还可通畅、通透一点，诗在感觉营造上还可顺其自然一些，不必在诗中过分为了感悟而刻意地制造某些感觉。

吕本怀，笔名清江暮雪，湖南省诗歌学会评论委员会委员，"拉萨的春天"诗评主持人。

回　家

罗威纳犬
飞快窜进，树林
林深，久久回荡
一声呼唤，风落残阳

急促的尾巴，摇摆
围着老人打转
卧在脚下，它抬起了头
抬起老人的目光
夕照，温暖

城市堵在车里，家人路上
堵着路灯过早衰老
寂静，疯长湖畔
冷落老人的絮絮叨叨

罗威纳犬，睡着了
老人，发呆远方。清澈目光
他看到，老家门前那座山峰
正托着酡红的夕阳
田野，不知被谁抽离脊梁

橘子熟透了，还在树梢等待

硬核的风，刮过湖面、嘴角
回家，回家

2019 年 11 月 12 日

芦苇与老妇

像去年今时，芦苇荡
又换上雪白头发
湖泊冬季，亮丽，夕照

时空已到终极
扎在深水的根茎，粗壮
是时候了
该将生命储藏

老妇推着童车
推着天空飘浮的懒散
背影，驻足，芦苇凋败一片
春天期待

2019 年 12 月 16 日

岸边青石船

你是穿越黑洞
炼狱的陨石
补不了天，填不了海
才被乏味的岁月
涂抹一脸沧桑

石匠落下第一锤
注定命运，遗弃海岸
即使有一千次季风交替
也得不到，海的召唤

那不远处大海的辽阔
巨浪吼叫，狂风屠戮
碰撞激烈思想
男人战场

你淡漠而坚毅的脸庞
飞扬乳白色风帆
每当，飘来汽笛的腥味
瞳仁总闪烁天际的蓝

青石船，岁月给你独孤
你，不被腐烂

2018 年 2 月 3 日

青春是用来挥霍的

一季阳光，留给湖泊
探索水的硬核，还是沉默
湖面，皮划艇挥舞木桨的博弈
只为见证，长度与速度
这里，湖与海，只隔一道坝
见过谁冲向海洋

我也曾经跋涉
荒凉。岁月的脚步，匆忙又零乱
一个愿景，伤疤一道
成就了青春阅历，水中月亮
一只饥饿猫，三更半夜街头流浪

人生就是这样
谁的青春，不是用来挥霍
就像初恋，淡淡伤感

2019 年 10 月 20 日

一双孤独的翅膀

你说，每当夜深人静
心雨总会起身
流浪。雨落哪里，只有风
听到它的呐喊

拉上窗帘，不是为了黑暗
不是逃避霓虹灯，闪耀右岸
只是酒吧一条街的西堤
装不下空旷

黑是黑夜的王
已将室内每个角落填满
灌醉自己，折断
一双孤独的翅膀

你说，这种微醺，真好
如痴如狂
这赤裸裸的告白
枯瘦，春雨，窗棂

2019 年 4 月 16 日

夏天的欲望

谁用口红画了块饼
贴在天上
烤熟了岛的南端
海滩流淌着赤裸裸的诱惑
释放出感官燃烧的快感

这里也许太过阳光
天生一副水性杨花的模样
也许荷尔蒙太过旺盛
每个姿势都散发欲望

如果，有点风多好
我就不会这么烦躁

眼前的所见
无非是一幅油画
天使与魔鬼
放在阳光下，展览

蓝透的大海
躺在无聊地上，连喘息也失去声响

白云，不知跑去哪里
也不见海鸥翅膀

稍微，有点风也好
我的思念就不会骨瘦如柴

2019 年 6 月 21 日

七月，我想出逃

一

太闷热了
日子过得像桑拿房
我多想逃到孤岛
把自己隐藏
只要一个原始的洞穴
一套陈旧的铺盖
岛上，有杂果、蘑菇、野菜
跳跳鱼、螃蟹、贝类，雪白海滩

每个夜晚，单调的季风
总能把枕边灌满
即使失眠，也能感受
浪花，扑倒沙滩的心跳
没有太多奢望，说的这些
足够我生存思想

二

七月
烘焙粗俗面包

窒息了所有冲动欲望
春天保湿的皮肤，也被烧成黑炭
玻璃幕墙，中央空调

谁将生命与自然分开
风怎么吹，雨怎么下
一切听气象预报
我只是屋内，摆设的一株草
存在与不存在并不重要

给点喘息空间吧
离开，不是对夏季的背叛

2019 年 7 月 12 日

黑鸟的黄昏

滑过浪尖，鸟鸣沙哑
编织一张空灵的网

散落湖畔的黑鸟
没有名字
没人知道它的习性
偶尔飞起时
只有芦苇轻微摇晃
刺眼的夕阳
总是将它的身影，烙成寂寥

才知道，时间是灰色沙漏
漏光年轮的沙滩
才知道，摺在黄昏里
不仅仅孤单

晚霞淡了，暗了
谁能告诉我
现在黑鸟的模样

2019 年 7 月 7 日

一 泓 碧 水

这些日子，一本诗集
一杯猫屎咖啡
深蓝色石桌，长满圆形
抑郁

楼下一湾碧绿
恒久沉默，翡翠无语
未曾体验过的陌生
你的郁结，深度几米
深深浅浅的脚印

四周高楼，山峰陡峭
久久围困天地
甘心，命运摆布
还是珍惜，暴雨后的宁静
我看不懂你的世界
败落满湖果实

命运。一首未写完的诗
独行者的背影，我翻阅你的黄昏
染红秋季

遭遇"莫兰蒂"

一

"莫兰蒂"来了
凌晨来的
撕裂了天，撕裂魂
吞噬你的倩影

颤抖的双手
伸向空白，拽不住
呼啸，对你恣意
我真的无能为力

倦怠的躯壳
塞满无奈与沧桑
沿着岁月斑驳锈迹
北去，北去

亲爱的，往后日子
我那搁浅的心，能否寻觅到
你，散落湖面

黑白相间的忧郁

二

"莫兰蒂"走了，真的走了
一场冷血肃杀
只掠走那件绿宝石的衣裳
无法占有，你优雅的气质

轻轻推开内心的恐惧
晨曦微露，我学着欣赏秋意
鱼儿轻荡，白鹭嬉戏

也许有生之年
不再有类似遭遇
每年的今夜，把酒湖畔
无关，月色如水，有否细雨

2016 年 9 月 15 日中秋节

第一辑 关上一扇门

半 边 云 朵

就这样吹过
吹过，那半边云朵
带着希冀的种子
轻轻撒落，茵茵野坡

来年绿染
鹭影，徜徉几多
那海那沙滩那远去的白帆
能否读懂，这春色一抹

2015 年 1 月 5 日

烟 雨 东 岸

一

下雨了，白雾如霜
拥堵的街头
只留下水痕斑白
湿了纸伞，湿了衣裳
还有，浮华的时光

喧闹与寂静的交换
如此模样。溢出的啤酒泡沫
牵着摇滚嘶哑流淌
只有呵，你的长长雨巷
抚平我少时轻狂

二

又下雨了
清澈，透明，纷纷扬扬
你用六月的柳丝
洗礼我半世流浪
流水小桥，薄雾湖上

醉了，粼粼波光

就这么简单
雨水打湿的孤岛
竟成你我不变的守望
坐拥亭外紫色野花
发呆，初夏烟雨东岸

2016 年 6 月 15 日

又是一季忧伤

秋暮了，闲空深山，追逐
流逝的夕阳
晚霞衣裳五彩
一件一件遗忘
只有脚印寒意的料峭
弥漫在山谷回响

偶尔弯腰
我拾起一季，鬓角秋霜

又起风了，林里红的黄的灰的
千姿百态，随遇而安
山泉，古琴流淌的音符
纯粹、清澈、明亮
为什么，没有一个落在掌上
我是不是很失败
一季，秋色的忧伤

2018 年 11 月 4 日

心有喘息空间

就这样
结束，一个喧嚣盛夏
天渐渐地凉了
半世纪流浪

心有喘息空间
日子，不再填满
卑微与高傲
秋水澄蓝

闲暇的日子
剪出多少日出日落
你的归你，我有我的
从此，不再伤害

像"莫拉克"台风摧残过
湖心岛，树又绿了，花也开了

2017 年 9 月 19 日

满 潮 雄 性

满潮的波浪
吞噬岸滩千里
迎面滚来的海风
携着灰色咆哮
野兽浪涛
撕咬着礁盘，踏平沙滩
我的雄心又被撩起

哪层巨浪是我曾经的战力
哪朵浪花，猎刃高举
斑驳铁锈的胸腔
撞击出久违的雄性。浪花
雪白唇印，印满
爱情，太平洋的桀骜不驯

多少潮汐的引力
锁定两颗星球的距离
我的灵魂，还困在孤独里

2019 年 9 月 19 日

一 夜 风 雨

终于消停了
这一夜的风，一夜雨
滚过屋顶，阵阵的电闪雷鸣
怕是烧焦了
白鹭躲藏的灌木林

丝葵、椰子树，吹断了几枝
疼吗？伤口用什么包扎
刚刚绽放的三角梅
零落泥里，一定打碎玻璃心
天亮时，我该怎么面对
美人蕉、紫薇、黄蝉、朱槿

摁不住，我的一夜心悸
一夜难眠

2018 年 5 月 1 日

一只负重的蚂蚁

昨夜，暴雨肆虐

湖畔一定狼藉，遍地

晨曦初见，竟然淡泊恬静

是上帝带走了，风雨

满屏悲剧

还是虚假，离真相更近

深深浅浅，远远近近

湖泊的每一寸肌肤

酥软在秋天的被窝里。谁埋怨

万物健忘，忙碌采集粮食

生活不容易，都是

一只，负重的蚂蚁

2018 年 5 月 2 日

我是一条鱼

我知道，我是一条
从天上坠落的鱼
游离在黄昏
暑热退潮之时

没有胃口，失去嗅觉
不识湖泊所有生物
只有微风吹过
才看清自己，褶皱的身影

夜幕降临，吞食了
刚刚想到的一点意思
身影，被黑色遮蔽
连同天上，飘浮的那条鱼

2019 年 8 月 1 日

春天来了吗

我知道，夜的深邃
已然季节交替
寒风夹杂着冷雨
从远到近，一阵接着一阵
滚过痉挛的湖面
春天降临，可否，预示

我的灵魂的抑郁
还裹着厚厚的被子
风，固执地摇晃
窗户吱呀无力
谁说，春天一定会到
尽管姗姗来迟

2019 年 2 月 12 日凌晨

我与影子不醉不散

除了黑猫，眼睛游荡
这座古城堡，午夜
你的呼吸，一丝感觉不到
所有幽灵都崇拜脚下
至高无上，黄金权杖
我这样吹捧你
增添多少骨骼坚强
身与影，灵与肉
同温层孤单

今夜不醉不散
金门的"深水炸弹"
不到三更
醉卧杯底，残缺月亮
它说，累了，不再流浪
你说，至今不知家落何方
我也找不到呀
地球这么大，竟然
搁不下一张草席的重量

2019 年 10 月 28 日

芦苇殇

浸泡在水里
是否，是你人生一半
春夏秋冬，交替
谁能切肤感受潮汐，无常
没有人在乎
你在水中站了多久
没有人知道
你经历过的艰难

从青涩到灰白
风摇曳着日子里的惆怅
一次次顺从俯下
又一次次长发飞扬
芦苇呀，你在坚守什么
退一步就是岸上。你的生活
过得苟且，还是高尚

2019 年 6 月 27 日

关上一扇门

午夜零点
谁开启这扇门
又把它关闭
2018，留在门外
留得这么彻底，这么迷茫
那些膜拜，那些孤寂
那些遗憾与快意
还有掏心掏肺
精致搭建的曾经
我一样也没有带进来

午夜零点
谁把这扇门开启
又轻易关上
门外一切，已不关我的事
时光，没有该留下
或不该留下的东西

灵魂与肉体的分离
极夜与极昼交替
谁能承受瞬间的消逝

我好忧郁

把你留在门外

谁为你，挡风挡雨

2019 年 1 月 1 日凌晨

第二辑————————————————

打开一扇窗

谁帮我打开这扇窗

喜鹊喳喳
我从睡梦醒来
沾在窗户，一夜黑暗
被谁一把推开
晨曦，爬上，冷色调床单
这样日子舒坦

我关了左边的门
谁又帮我打开，右扇窗
远处雄性海岸
浪花朵朵撒娇
礁石，帆船，港湾
忘了人间。多少时光

我用剩余的情感
雕刻生涩太阳
照耀，晚秋的沙滩
发呆窗台，聆听一曲古远天籁
从了，每个音节
每颗细胞

眺望

桅杆升起一抹明亮

2019 年 9 月 29 日

　　【李威读诗】打开一扇窗很容易。奇怪的是标题就来一个"谁帮我打开这扇窗"。诗人善于架构，从一开始就将雷埋好，引发读者想要看看爆炸后的结果。不得不说这是高明之处。在此不难想象这扇窗有多么特别：沉重的？朽烂的？封闭的？好奇心驱使，一看到底的欲望十分强烈。入诗，窗子在梦一样的意境之中忽明忽暗，更是吊起读者的胃口。

　　沿着诗的路径，读者看到了窗内窗外竟然是情感之隔。诗人在此调动熟悉的意象，层层转换推进，谜一样的窗，迷人的景色，竟然如诗如歌如画。于此，我们更是看到这不是实景之窗，而是心灵的窗子，而且与大自然神奇巧妙地相通。诗人的高明之处在于，预设的总是让读者的猜想犯了一个大错。原来推开窗子的不是什么强大力量，而窗也不是我们想象中的任何一种情形。诗妙不可言，诗意深邃，意境明亮。

孤岛·岸礁

终于可以，面对面打坐入禅
可以让海风带走嘈杂沙滩
一座孤岛，一块岸礁
隔着烟波浩渺，对话江南
波罗蜜，不染尘埃

偌大的海洋
容得下大声呐喊
容得下沉默，羔羊
敲击暮鼓的浪潮
鸥鸣远方
洋面上，月光光

你说，人生快意不过如此
千首诗，孤独占满
静穆灯塔

2019 年 11 月 22 日

【李威读诗】说到孤岛，读者的第一印象是什么？为了加深景在诗中的效果，诗人紧接着推出了"岸礁"，二者并列一起，那又是一种什么效果？没有见识领略过大海的人，当然不知。其实我亦不知。这样的情形是：知道者还想知道更多，不知的人更想一探究竟。原来这是诗人有意而为之。从诗里，读者感知，诗人良苦的用心，是要在"静"和"独"上大展诗意。

果不其然，从诗中可以看出，海风、沙滩、一座孤岛、一块岸礁，烟波浩渺，构筑了一个独特的环境。这是一个多么寂静而绝美的世界，而且具有佛性，一尘不染。在这样精巧的构建之下，诗人的目的出现了：可以呐喊，也可以沉默，更可以面向大海，在任意时间放逐自己的思想。这个时候读者可以想象：这不是身体的自由和灵魂的自由吗？

在第三节，诗人更是着意开拓，让诗上升到人生与命运的高层面。"人生快意不过如此"，让读者理解，人生喧嚣之后，会归于孤独和沉寂。诗人用"灯塔"，作了最精彩的结语。

一个人的自然

桂花树下，黄昏
放置陈旧的画架、调色板
独独，没有画笔
湖边双人椅，空缺着
充实。你目光停留哪里
只有草地上，岩石沉默，适合你
时光隧道一串串，凌乱脚印
没弄脏，白色油画布高洁

秋风穿过消瘦身躯
每个细胞，剥离尘嚣杂音，不觉凉意
你，落寞的身体，黄花凋零
淡了，清香扑鼻
是否感觉晚霞变幻
黑色短靴落地
油画布，寂静无垠

也许，光阴，到了这个季节
不是用来索取
一个人的自然风景

2019 年 10 月 4 日

【李威读诗】 我很想知道，画家专注的眼里是风景，还是画布？隐身窥视画家的人的眼里，是画家的神韵之美？这场景本身就是一幅再绝妙不过的画了！其意境暗合了"你站在桥上看风景，看风景的人正在看你"。

在这幅清新别致而又复杂的画里，画家的画笔虚无移动，而背后的那双眼睛更是紧紧相随。于人于景于情，在一种动态流动中格外传神。细，细到极致，一点淡淡清香，若有若无。粗，粗到奔放，从草地到石头到脚印到秋风到晚霞，一种强烈的情意在诗间流动，让那情与景不美都不行。若非没有个人独特的强烈感受和体验，很难把这种情绪完美地表达出来，但诗人却做到了。一个人的自然，一个人的独享，那种心境和美，只有那一刻的诗人才能品味到。

过野蛮人的生活

过野蛮人的生活吧
回到原始部落的草原森林
离开文明囚室
离开手机电视电脑
告别一切束缚的桎梏
不让欲望面具代替真实
把灵魂交给大自然
忘了，城内金科玉律

活到今天，才活出明白
穿衣是对上帝的亵渎
污秽亚当夏娃
让我们崇尚天体，崇拜生殖器
不仅享受米克诺斯岛
天堂沙滩的快感
还拥有温哥华
沉船滩的梦幻、气质

至高无上的哲学很简明
"自由、愉悦"是人的天性
我们刀耕火种

我们狩猎采集

我们娶女人

我们服从自我

从不担心跌回，祖先

生活的自由领地

2019 年 10 月 11 日

【李威读诗】读这首诗，让我想到了桃花源，想到了返璞归真。如果没有在尘世特别的经历，恐怕难以产生这样的想法。"过野蛮人的生活"意味着要放弃现代文明的生活。真的可以这样吗？

进入诗中，诗人把自己对现代文明的种种经历一股脑儿端了出来。看看"囚室"里的那些东西，都是我们再熟悉不过的。有的人心甘情愿在"囚室"里待着，而对于向往自由和原始美的人来说，这却是"桎梏"。在第二节，诗人把自我的体验和感悟真实地呈现了出来，从神性到梦幻，层层深入。在诗的最后一节，不得不说是异峰突起。人之初，刀耕火种，真就是那么简单，那么令人神往。原来野蛮不野，而是自然之美。诗人言下之意，不言而喻。在这里只想弱弱地问一句，回得去吗？反而让人想到，这个文明世界，真的有点"野蛮"了！

忘了我的过去

碰到了，不要问
生活在哪里
我，不是蜗居者
遗忘在一方的水碧
我离江湖不远
过了前面白色大桥，便是

曾经有过的记忆
我都留在繁华的岸西
那里的椰子风
漫卷细软的沙粒
不相欠了，你给我的美丽

徜徉湖畔的日子
享有脱俗空气
草坪上晒着太阳
香附子、钻叶紫菀
呢喃着蓝花草的细语。芦苇荡
嬉戏打闹，白鹭、水鸭、黄鹂
都跟我很熟悉

人，只属于自己

放逐天地，草芥无异

我忘了我的过去

活出一株草

一朵花的日子

不用还给往昔

不用辜负自己

2019 年 4 月 1 日

【李威读诗】 读着这首诗，说实话，我也有过这样的想法。而此刻，更有一种冲动，不但是要忘了过去，连未来也要给抹了。人生的情感之路，风风雨雨，无论好与坏，都是那么令人难以忘怀。唯有"忘"，才是人生之幸。忘记，成了一种理想和折磨。正如诗中之言：忘了我的过去。试问，经历过情感跌宕的人，谁人不这样想呢！诗人抖出一个大口袋，慢慢收拢缩小后又打开，居然让美美的场域如烟花般释放出来，"徜徉湖畔的日子"，"呢喃着蓝花草的细语"，有声有色有景有动有静，好一个"忘了我的过去"。

我想，这首诗与其说是情感诗，倒不如说是诗人对人生的感悟。"不用还给往昔/不用，辜负自己"，诗人把这些感触和体验真切地表达出来，切合了众多读者的体验，也算是一种特有的路径和释放吧。

李威，网络诗歌论坛"第七行"创建人之一。诗见于《星星》《诗潮》《绿风》《草地》，入选多种选本，2007 年出版诗集《让一只羊活下去》。

月 光 一 船

一船月光
海浪翻转空旷
风刮过，堕落你
狂野的大海
游艇自由想象
汗水，恣意船艄
茧丝、香水，透光
月色长

你扔下高高月亮
五缘湾游艇码头，昏暗
岸上。棕榈树被谁抽走孤傲
星星失血茫然
你说，会有七月的大潮
九月台风。沙滩，堆积
一层层波澜

荒废。时光
海鸥停留舷上

2019 年 12 月 3 日

头顶有平行空间旋转

必须在到达终点前
把这段时间看好
随遇而安
高铁单调前方
满满一等座车厢的思想
窗外闪动景象
每个人在不同地解读，生死
或喜悦或悲伤

要用多大空间储存
想象，叶落何方
"云"，可以吗
不然销毁的灵魂
撒落人间，尽是尘埃
宇宙是黑色的城堡
并不是所有天体都能发亮
如果你，足够善良

单向高铁，早已设定好
头顶平行空间，旋转
一尊肉身菩萨

不同纬度的孤岛

孤岛。流星北方
大洋烟波浩渺
风大，浪高
白桦枝条，举过悬崖的冬天
飞雪覆盖，孤独无感
你是否想起我
坐落不同纬度的鹭岛

我的季节，也刻着严冬
这里艳阳高照
三角梅开得很嚣张。夕阳
液态蛋黄，流淌，海面沙滩
就像思念你的人
波澜由远及近，涌上

你是北方的白桦
我椰子树南方
你适应不了热浪疯狂
我承受不住，塞外严寒
同居一个时空
两条平行线思考

不能只剩一种光

为什么倾泻这么多光芒
只为了救赎我一个人的黑暗
咖啡色的茶几
落下的一片最亮，也最空白
阳光穿过果盘里的酥梨
每根纤维亮丽，饱满
等待，主人临幸
是这样吗？我一脸茫然

室外的光，倾覆瀑布
飘浮着的不仅是强烈的白
划过瞳孔的流星，黑色不断
听说工厂养的鸡
享受二十四小时的照明
七天后就到屠宰场
大自然，不能只剩一种光
黑，有黑色的亮

2019 年 10 月 18 日

喝嗨了，斗帽岛

要用多少借口
铺设谎言的正当
才被允许离开
壁灯都发霉的城堡
只想找个清静地方，喘口气
这小小的欲望

我们像一群
逃离铁笼的人兽
把疲惫的身心交给斗帽岛
三都澳的夜
骨髓里，弥漫着原始
自由放荡

收起星宿，屏蔽月亮
下着雨的夜晚
斗帽岛淋透了
赤裸裸的前凸后翘
我们这群不梦幻诗和远方的人
用困顿的黑眼圈
吸纳孤岛夜色光芒

喝嗨了，斗帽岛
内心深处没有魔障
一两件狗屁小事
都成了哥德巴赫猜想
我们口沫横飞
我们笑点粗糙
桌面堆满豪放不羁的空酒瓶
琥珀色液体流着的不仅是嚣张
就这样一箱，又空了一箱
断片的主人睡在大门外

如果有清规戒律，这里仅"仙趾石"
可以亲吻一池睡莲花的柔软
只有崖边的螺壳岩
允许吹亮，西太平洋黑色翅膀
我们不用脑袋
不用本来不多的情商
只顾着喝呀喝呀
喝光了一整夜黑暗
喝了西北，忘了东南

2019 年 5 月 16 日

渴望灵魂有出口

开玩笑呢，上帝
我习惯风雨
忍痛山路泥泞
习惯孤独的存在
苦行袈裟当作诗句
邮差送来你的一束鲜花
一顶黑色帽子
真的，有点不适应

我的日子早湿了，从思想湿到语言
从灵魂湿到肉体
多少岁月的风尘雪雨
丢失了《唐诗三百首》
遗忘徐志摩朦胧诗
只渴望灵魂有个出口
喊出，困惑的背影

白天没有黑暗
夜晚，能看到一块光明

2019 年 8 月 19 日

这样的日子属于自己

终于不再承受
不属于我的日子
内心不再堆积那么多事
不再为博取虚名，活在丛林

从这一刻起
我焚烧了所有的爱
所有的怨
所有的奢侈品
让一切过往变成废墟
让灵魂变得干净

打从今日
可以席地而坐
谈论隐藏的悲欢离合
谈论轮回生死
可以在阳光下洗涤
闲言碎语
活着，毫无顾忌

从此拥有，这风，这云

这一湾晶莹

每个清晨都归自己

归我，每一次自由的呼吸

2019 年 5 月 11 日

换取一湖初夏

就把它轻轻放在
路边的草丛上
那薄凉的俗世
飞短流长

初霁的晨色
涂抹了远近的湖面
点缀着三角梅
红透北岸

我用虚荣的记忆
换取一湖初夏
心有自由空间
岁月，没有沧桑

2019 年 4 月 20 日

谁的雾浓雾淡

从哪里来
每一个灰白颗粒
都这么黏腻
这么阴湿

沙尘暴般的肆虐
吞噬彼岸
湖泊，踮起脚尖
也能触及苍穹

朦朦胧胧的沉寂
丢失多少湖泊的真实
这样的日子
谁的生活没被打湿

撑着雨伞的秋季
轻挽爱人臂弯
偶拾落叶，忧郁
谁在意，雾浓雾淡

2018 年 9 月 3 日

弹 落 秋 语

下了一场雨
湖水又凉了一里
秋风剩下几步
白鹭孤鸣

生活在湖边的人
慢得只剩自己
偶尔心里还压着丝丝浪漫
红纸伞，雨巷，迷离

荒坡上野菊花没有几枝
枯叶覆盖着小径
翻过山头
日历，就要换季

短暂人生的音节，为什么
谁弹落了，都归秋语

2019 年 9 月 28 日

换一种心态成长

一觉醒来浓雾弥漫
昨天的好心情
被涂鸦灰白
无数微小的阴冷
挤满了玻璃幕墙
如一面破旧的经幡
风中凌乱

走出户外吧
别让自己沮丧
眼前模糊的一切
并非真相
湖上讨生活的打鱼人，忙碌着
鸟鸣，悠然穿越远方

眼前的迷雾
不过是清瘦了一季湖泊
就当作，换一幅水墨丹青
换一种心态成长
四月的江南
容纳所有污垢、困惑与伤感

这样感悟，多雨潮湿的时节
你说好不好

2019 年 4 月 30 日

无法改变上帝的情绪

好多天，忘了自己。脑袋
被谁灌下一桶糨糊
捡起荒芜的日子
天没亮，高铁
拽着向目的地奔跑
车上服务生轻声叫卖
便餐需要吗

生活的天空，是否昏聩
白云悠然
看似朵朵自由，没来由
瞬间，昏暗

人，群居动物
独善其身很少
怎样生活，凭着上帝的情绪
烹调甜酸苦辣

2019 年 1 月 12 日

高 出 一 行

初见时，晨光熹微
绿叶上的每一滴光亮
都是一颗太阳

如今，黄昏临近
你是否受够高处风雨
顺从季节安排

你，那么自信
攥着自己的命
无所谓落处，朝东向西

不奢求画家宣纸上走笔
只祈盼落地，略比肮脏的腐土
高出一行

2018 年 1 月 3 日

庆幸谦卑弱小

湖边发呆久了
忽然觉得
时光嘀嗒得好慢
一条条黑白光线
律动着纯粹、轻盈
汇成小溪，流入
一个没有手机信号
没有定位的荒凉

过往的一切，都不重要
即使相遇许多遗忘
心灵没有束缚
日子不再费心
敬畏一条虫子、一只蚂蚁
反倒庆幸，谦卑弱小

2018 年 11 月 27 日

日子不再用来伪装

晚风从湖面吹来
如水淡淡，一片清凉
偶尔，掠过头顶的白鹭
掉落一两声感叹
荡起的涟漪
一圈比一圈，超然

无数风景早已过往
却舍不得眼前这份孤单
一个人寂寂
可与天地独处思想
一个人寞寞
陶冶自然情操

白色沙滩。茵美湖畔
这样的日子，不再用来伪装

2019 年 9 月 23 日

秋 的 叹 息

没有比花的凋零
枯叶落地声响
更让人，莫名，多愁善感

园丁，把它们当作垃圾
扫掉了，一湾秋魂
半岛苍凉

不解，秋的自然
我的忧郁叠着愁肠
哪里流放

辜负你我，这一季
秋风秋雨一场

2019 年 9 月 23 日

少了一季忧伤

再往前走几步，立冬就到
尽管湖边没有拉黑信号
秋风，悬挂利剑，万物头上
癫狂一季的花草树木
面临，繁华戛然而止。无奈

湖泊沙哑寒蝉
鸟鸣徜徉空旷
四周风凉凉，风凉凉
凉了湖水辗转
凉了满地枯黄
凉了芦苇头白

多了一季过往
少一季忧伤

2019 年 11 月 1 日

精巧的翅膀

湖泊的日子
贱得论斤买卖

白鹭繁殖
追逐鱼群生长

诗人摄影家
满眼惊艳

精巧的翅膀
怎能用金钱交换

2019 年 10 月 20 日

第二辑 打开一扇窗

火炉的日子

所有能拒绝的
都拒绝了
所有的窗帘都拉上
日头偷窥不到房间里的一切
我躲在没有光线的被窝里
再没有什么东西能伤害自己
黑猫很安静

知道自己这段时间有点抑郁
灵与肉无法共鸣
键盘点击着骨瘦，汗水淋淋
你能说，我不够努力吗
友人一而再再而三叮咛，别出去
现在外面42度
下午会升到今年最高值

一切都不会改变
我乖乖地躲在黑暗里
听空调大口大口喘着气
抗拒火炉入室
到了傍晚，天空竟然烧成锅底

想想这时候到厦门旅游的人
不是傻子，就是疯子

肉体，如果能与灵魂分离
救灵魂上珠穆朗玛峰，还是救肉体
我知道这是悖论的道德难题
选择哪个，都没有充分依据

2019 年 8 月 16 日

梦　魇

眼前只是一片道场废墟
狂风螺旋般地卷动
没有一点点声音
阴森森的一幢幢古居
像是在做招魂仪式

我被放置在漆黑的 X 光透视室
有人正用塑料做的鲜花奖杯
轻易换取自己过往光阴
谎言、阴谋和背叛
清晰地穿越虚弱身体
我无法摆动手臂
全身被一具干枯的幽灵控制
住哪里，有吃的吗？饿了
我大声地喊，却发不出声音

跳下悬崖吧，粉身碎骨
也胜过苟活在这里
张开双臂，任凭狂风把我卷起
一切变得坦然自若
尽管双眼迷离

窗帘缝隙射进一抹阳光

爬在额头上

这梦魇什么意思

我想了很久，无法解开谜底

2019 年 8 月 23 日

蓝色的风

西列大山里的风，古早味道
颜色，纯粹的蔚蓝
坚硬岸边礁石
内心从不杂乱
每每听到一个名字，召唤
风，穿越血脉奔腾流淌
妩媚多姿时，柔软
发狂时，地覆天翻

我们是蓝色的风
大块吃肉，大碗喝酒
抱负写满深夜海鲜路边摊
即使羞涩囊中
也能，托起坠落的月亮

十年光阴，鹭岛梦幻
谁敢豪放青春一段
只有蓝色的风
特立独行时光
今夜，你我相聚，满天璀璨
没有遗憾，只有笑与泪

装满酒杯悲壮

往事不如烟
若能，回到从前
你我刀刃立，狩猎大海苍茫

2018 年 8 月 5 日

第三辑————————————————————

大爱是容器

系在经幡上的爱

天际刚刚透出微曦
就迫不及待，选择远方
那里有一滴上帝的泪
离心灵最近
如果能得到一盏明灯
灰色的烦恼就会被照亮

拉卜楞寺两千余个经筒
世人转动多少祈盼
谁能读懂卧在经筒长廊的
绵羊衰老的目光
它来自西边山坡寂静的云彩
消逝的岁月问号
八月冷风
被格桑花拨乱

德令哈天空
低得能用手指
触摸她细腻白皙的丰满
可又有谁，能找到爱的星座
种植在桑科草原上

午后，这里乌云笼罩

大雨滂沱如盘

坝上马儿，对着涌动的措温布

沉默如羔羊

走呀，西域的纯净与粗犷

我们行囊简单

内心只容一个世界

牵着细嫩的向往

如果能找到一座粉色毡房

请把灵魂系上经幡

每天清晨睁开眼睛

看到，婴儿，啼红的太阳

2019 年 8 月 7 日

【一面镜子读诗】神奇的想象，异域风情，宗教的色彩，使爱更具有一种特别的感染力、穿透力。诗人一层一层推进，置于德令哈的爱，更显超然之感。爱系在经幡上，彰显爱的永恒、神圣。当诗人把爱从"西域的纯净与粗犷"引向个人内心时，爱根植于灵魂，变成了新生的光芒。

整首诗围绕爱，在特定的环境里，真实再现了爱的原始、激烈与博大。诗人仿佛立于天地间，沐浴晨曦中，纵览天地万物，从大到小，从小到大，雄浑之笔挥洒于一片神奇的土地，隐于万物的爱被召唤，齐聚于德令哈。经幡上的爱，即是上帝之泪！诗中呈现了博大、雄奇、唯美，婴儿啼红的太阳，美了天地，醉了人间！

误　站

就这样恍惚间误站
冷漠的铁轨
绑架着驶向陌生远方
这失调的苍茫
你落在站台的背影
沾满尘土忧伤
格桑花还开着
我的姑娘

我摁不住高铁的飞轮
穿越一条条峡谷
一座座高山
背后的隧道睁着一个个黑眼圈
叠加成心灵桎梏
谁来填补，谁能打开
我的姑娘

2019 年 9 月 15 日

　　【一面镜子读诗】误站就是错过了站的意思。在这里误站是因为心事，而错过了应该下车的地点。诗人极其巧妙地把情与景结合起来，相互交融，生动形象，极其传神。

这是一首失恋诗，活灵活现地描绘了"我"处于失恋状态的那种特殊的心境，透露出爱之深、痛之彻、舍之难。整首诗都被隐藏的情感所推动，内心的风暴被诗人置于车站、铁轨、高铁的飞轮、峡谷、高山、隧道，有形而不空。读者随着物象的转换和层层递进，领略了一次爱的交响曲式的强烈体验。

从另一个角度去看，这首诗也许是诗人的借喻。这"误站"恐怕有更深层次的意境，可能指的是事业或人生。"谁来填补，谁能打开／我的姑娘"刻画出诗人对现实的无奈，对前途的茫然。

椰风寨的白色海滩

旧的椰风寨，拆除了许久
环岛路那段沙滩
依然是恋人的星星，红色月亮
那里的海浪
从来不卷走诺言
一集集新人婚纱写照
坚信筑起的堤坝
可以抵挡太平洋任何风暴
多么美好的愿景，白色婚纱
丈量，海风的长短

喜悦落在脸上
太阳晒不黑炙热烦恼
留一张爱人依恋的红唇
性感地拂过金色海岸
陶醉的沙滩
举起一排排白浪
多少穿着婚纱忙碌把喜气留下
多少脱了或未穿过礼服的人
在这里羡慕游荡
他们的表情来自四面八方

一切即是美好的一
一即是一切美好
沙滩、白浪、婚纱照

2019 年 10 月 10 日

　　【一面镜子读诗】好地方！爱情的圣地，爱情的见证地，这"椰风寨的白色海滩"，历经过的人谁能忘记？诗人善于写爱情，更善于选取角度和风景，椰风寨的白色海滩是爱情走向婚姻的最后见证者、记录者。那里浪漫，令正在爱恋的人向往，也是走过这段旅程的人永生难以忘怀的回忆。沙滩、风情、美景，星星、月亮、海浪，再配上婚纱、誓言，即便地老天荒，也无法忘却。

　　诗人从景到情，由情到景，在转换自如中，把爱情最美的那一刻淋漓尽致地展示出来，把永恒之美定格在了最美的风景之中。说白了，就是人生中最美的一幅画，过之再无，百年之间，应是百看不厌。婚纱照是人生和爱情的一座高山，也是分水岭。有情有爱者，才能最终走进"椰风寨的白色海滩"的殿堂。沙滩、海浪一直在那里，一直等待着世间最美的新娘新郎。

如果不认识你多好

如果不认识你多好
我不会夜半醒来
第一时间想到你
不会怕流星划过天际
弄丢你
不堪寻觅

如果不认识你多好
长长雨巷的一季
不会老觉得有熟悉的声音
不会老问自己
那脚步走到窗外
还要多久

如果不认识你多好
不会担心花瓣飘零时
落地是否撞伤身体
不会焦虑风
会吹落雨滴
把你归来的小道打湿

如果不认识你多好

即使孤寂

也不会感觉到你的呼吸

即使思念

也不会为等待

下一整夜一整夜春雨

2019 年 3 月 30 日

【一面镜子读诗】如果，世间真要是有如果，那就最好了。可是没有。该发生的，还是发生了：爱情就是这么奇怪，这么突然，这么不可理喻。诗人把爱情火花之后的念想写得足够"辛苦"。那种微妙入木三分，九曲回肠。

认识了，不可挽回，不可擦掉，这是个"错"吧，但更错的是居然一见钟情。这种"折磨"，是甜蜜的、痛苦的、思念的、辗转反侧的。诗人用一个不存在的假设，企图摆脱内心的纠缠，但从层层递进的意境之中，可以看出，一切都是枉费心机。不断强调的"不认识你多好"实际上是不断地对自己说"认识你多好"，因为人的潜意识是不能接受"不"的，所有的"不"都会被省略，所以在诗中四节重复出现四个"如果不认识你多好"，都被潜意识翻译成了"如果认识你多好"。情感一进再进，从虚到实，从抽象到具体，此时的"我"，基本上不能自拔了。诗人是驾驭情感题材的高手，才能写出如此丰满、情感跌宕的爱情之诗。

你带走了江南

来时，送我一颗月亮
说是黑夜不再有孤独流淌
醉着三角梅的馥郁
爬满了小小木房
嫩绿初夏
红唇落满湖畔

你走得简单
歌声在微风里徜徉
因欠了春天一次拥抱
让天空涂抹伤感
一湖烟雨
半帘凉暖

你，带走了
撑伞人的江南

2019 年 4 月 24 日

【一面镜子读诗】这首诗是对爱情魅力最好的诠释。从题目上足可以看出，爱情的力量究竟有多大，让人想到为了爱，江山都可以送的帝王。在此，与被带走的"江南"异曲同工。诗人有足够大胆的想象，让人称奇叫绝。

在诗人的心中或笔下，只要爱，没有什么不可能的。江南有多大？江南有多重的分量？那么爱就同样。诗人恰当的物象运用，让爱变成浪漫的经典。不要说月亮、太阳，就是生命也在所不辞。在诗人语言的暗河里，爱是一切，一切都愿为之付出。情感的地动山摇，把"江南"如此美好的世界给"摧毁"了。在"我"的心中，"你"就是江南，就是"我"全部的世界。"你"的离开，使"我"的世界消失了。诗人巧妙地隐匿了因，而强化果，其艺术氛围得到更好的渲染。

爱一个人不难，失去一个人即失去了一切，足见"我"的爱的分量有多重，足见"我"是一个多么重情的人。其人生就是建立在对美好爱情的追求之上。诗短而情深，此诗完美表达了对爱情的执着与向往。

一面之缘，原名王勇，2015年重新回归文学，写诗及诗评。《新导向诗歌评论》微刊主编。

这里孕育新的爱情

也许厦门太小
也许太偏执
一年只肯容纳两季
一季热烈的夏风
一季情绪秋雨

如果钟情火红
就赶在夏季
这里的三角梅没有心机
步行的小道，你故意放慢脚步
随时坠落，亮丽

如果你喜欢秋季
就在午夜邀约而行
月光倾泻在雪白沙滩上
到处都能听到
大海清晰地歌吟

鹭岛每个角落
自成风景
不管是夏天秋季

一棵树一粒沙
不时孕育新的爱情

2019 年 8 月 28 日

化 装 婚 礼

是秋风迟到江北
还是江南赖上夏季
一场盛大的化装婚礼
月亮也涂鸦"增白"
今夜内心狂野，外表清秀俊逸
成熟的红杏心甘情愿
初夜交给灰褐色纯种的夜莺
闽江脱去外衣
脱去了清规戒律

这里是诗者孤独的布道场地
流淌着一江七彩瑶琴
婚礼一次次触碰内心对立
一次次裸露雪白，释放天性
每个文字疼痛
都穿越柔滑的肌肤
抵达星空悠远意境

忘了月色
静了江吟

2019 年 9 月 6 日

木棉花，你在哪里

整整，一个冬季
你消失在哪里
临走，挂在树上，果实
至今不肯离去
多少个夜深，人静
徘徊你凋零的土地
我的孤独，伴随着风鸣

春天摇醒满树嫩绿
如果你能回来，是否
还穿着粉红色裙子
还那样高雅，衬托着蓝天
白云

你是我的呀
魂牵梦绕的日子，找也找不到你
我，爱了你一生
你只留恋，我一季

2018 年 3 月 20 日

一 起 流 浪

那夜，为什么把同心圆
遗落在椰风寨的沙滩
让灵与肉承受，分解两岸
只见霓虹灯彻夜闪烁
不知古墙深巷
两样孤独的记忆
一样无处凄凉

你说，一起流浪
生命旅程只有一次
无论盘缠多寡
足迹荒芜繁华
哪怕发呆阳台
绵绵雨滴，有梦足够向往

我也渴望，随着雁阵的方向
自由放荡
在一个个没有人
读懂的季风里
与你分享恋爱
谈论死亡

等不到的诺言

可不可以，摇醒
冬天的沉睡
我在忐忑的湖边等你
好久好久了宝贝

熟悉的温柔早已模糊
连同离别时的伤悲
我挡不住狂乱的寒风
吹白，南岸芦苇

你说，不需要太多的爱
能让疲倦依偎
黄昏的小屋
炊烟滑落尘埃，累

你还说，肉体的烦躁
已被拘禁在岸北
回不到从前的诺言
灵魂，自由地飞

2018 年 1 月 26 日

只想与你一起发呆

绿草茵茵小道
弯曲了，谁的炊烟袅袅
鱼儿一串泡泡，湖边木屋
门前，锚着寂静的船艄
撂下疲惫行囊
只为你的一壶酒烧
聆听箜篌月半
忘了年少轻狂

慵懒的湖水
夹杂着蓝花草
岸边溅起细浪
打湿你我的小道
不问已走到哪里
谁的春晓
不问明天是什么节气
只想与你，一起发呆
静静地远眺

2019 年 4 月 12 日

不 再 逃 避

这次我不再逃避
不再行色匆匆
一次次从你的视线
离开，从东到南

行囊里的日子
也不再用来浪费
不再委身于诱惑
不再修饰天外的蓝

这次我只想
汲取一丝晨曦，一抹夕阳
在你明亮的眼眸
滋润清澈时光

烧一壶泉水
沏一杯绿茶
与你静静地凋零
湮灭，不腐烂

2019 年 6 月 20 日

别张望秋色寒

秋已深，风雨寒
你还摇曳枝头上
一湾碧水，谁望穿
长长小路高高山
别张望，雁影断
晴空一洗，久久凉
何必苦苦缠

流连过客情语煽
真爱过
风在吹，云在走
几人回头望
莫将光阴挥霍残
谁救赎
青丝熬成霜
等待两茫茫

2019 年 9 月 8 日

沉 重 沙 粒

你在哪里
失去你的气息已久
每缕海风，每朵浪花
都缓慢推动环岛路
沉重沙粒

还记得吗？那年沙滩
被海水偷走脚印
流浪的疼痛，青苔
爬满墙脚
发黄的日历

2017 年 3 月 28 日

沙滩野花

每次海边发呆
你总守候在那里
风沙再大
也没有躲避

不起眼地绽放
不起眼凋零
是你忘记了世界
还是忘记了自己
涨落，潮汐

2017 年 5 月 8 日

点燃九月月亮

相约的时间快到
你还将月亮
种植在我贫瘠的土壤
三角梅红了，窗外
潮汐拍打小船
尽是你丰腴的柔软
秋季果实成熟的夜晚
小小木屋忐忑等待

想想，你余温还在
堆满湖边图案
岛上成群成群的白鹭
睡成梦里的月光
夜，很静很凉
浸湿垂柳，失眠西岸

多少今夜的伤感
好想触摸你的水中月亮
就怕不小心碰碎了
再也无法恢复原样
那高高的雪山

那山巅上紫玥光芒

此刻，我不知道你在哪里
是否如我掬一捧月光
洗洗春夏喧哗
洗洗落叶的忧伤
然后，静静地守着咫尺月儿
把黑夜的苦涩，点燃

2019 年 9 月 1 日

等你漫长的夏季

我知道这个时辰
江面有点烦躁有点委屈
一丝丝风都没有
烧开的晚霞顺江流逝
无人知晓，无人问津
隔着一江的念想
隔着落地玻璃窗的距离
我双眼的忧郁
临摹着你彼岸虚影

记得那年那月那日
夕阳江西
木橹摇出余晖点滴
小渔船停泊江中沙丘
夜幕降临

老迈渔夫拿出自酿米酒
下河捕鱼虾捞蛤仔
炉火煮香了一江风情
这一夜，我们成了歌者
月亮从东唱到西

荒唐夜色喝醉彼此
于是夏夜显瘦
有了相约不相见的演绎

而今，不见了渔人码头
白鹭也找不到芦苇栖息
南岸公园旁的"江滨壹号"
我又听到你喜欢的《女人花》
那夜你唱哭了江水
沙丘上芦苇是我无奈地摇曳
你说如果有一天憔悴
就凋零这一江水碧
醒时吟诗
醉了放肆

从此，我寂寞地孑立
等你漫长夏季

2019 年 7 月 24 日

好 久 不 见

一

等了这么多年
蹉跎的记忆都成化石
泛黄照片藏匿在口袋
依然青春洋溢
一声"好久不见"
噎红了，慌乱的面具

窗外，紫色玫瑰
有点憔悴，有点忧郁
湖边一起发呆过的靠背椅
此时，斜阳投影
茕茕孑立

二

廊檐下的燕窝
不再是归来的小居
尘土厚厚
封存太多往事

归途的艰辛
耗尽彼此过去，而今
谁也无力提及

摘野果的上山小路
落满青苔
鹅卵石的缝隙
只流着烟雨
流着蹉跎的诗

三

是否，昨夜的梦，太过真实
才让重逢平淡无奇
把那一季的烟雨
一季的繁华
归于褪去青涩的幼稚

嘿，别郁闷
别沮丧
冬天霜冻的叶子
挂在树上，迟迟不肯离去
看，那对岸
早已盎然春意

2018 年 4 月 16 日

九 月 的 雨

寻觅千里
只为北方九月的雨
谁能告诉我
拌匀多少种颜料
才调出这冷艳的忧郁
来时，些许祈盼
几多遐想
而今这份慵懒的自由
消瘦在雨里

我走了
雨还在下着
每一滴恍如都有记忆
每次淋湿的烦躁
无法打上补丁
这青岛的雨
不需要多余的故事
就算翻过眼前一页
时光，依旧沉淀彼此

2018 年 9 月 19 日

入 眠 无 窗

你说，下雨啦
滴答敲打。夜，入眠无曲
窗台外，树叶浸湿
沉重得有点心慌

我这里，月色沙滩
三角梅开得多彩
紫的诱惑，红的性感
夜里比白天放荡
失眠了，月亮

举一杯红酒。飘浮
空落落的念想
怎么也无法抵达，你的彼岸
你说，窗外雨声
淋湿丰满

2018 年 7 月 23 日

秋 来 三 问

秋问

木屋窗外
湖静鹭翔
晚霞小酌二两
醉了青荷半黄

汤池秋季
水雾酥软
昨夜遗落一份脱俗
寻问今在何方

月问

朦胧小道
红叶满霜
走过玲珑的晚风
竟成旧的时光
不见春媚
别了夏凉
褪色的照片寄北

为谁闲挂月亮

心问

呢呢秋意
喃喃寒蝉
怎奈每行的诗意
飘的尽是落叶伤感
我能望穿天涯
却找不到你的今晚
湖畔清冷
如水愁绪无处流淌

2017 年 9 月 2 日

翠 柳 湖 畔

翠柳枝条柔婉
折叠成了一把画扇
和风轻轻地拂过
徐徐打开，一湖春暖

嫩绿低垂，柔中有刚
你用少女丰满的曲线
挑逗潋滟湖光
鱼儿追逐水中云
嬉戏初春，久别
浪漫

摇曳着古老歌谣
守望多少秋冬春夏
不祈盼，总是云淡风轻
不奢求沃土滋养
你恪守一种思想
活着简单、自然

2018 年 3 月 18 日

跟你走出世俗藩篱

每次寄来照片
总是前行的背影
你昨天到达的地方
成为我今天的风景
为何不停下
走向未知世界的脚印
你说，蜗居会吞噬灵魂
生命只属于远行

时光如果允许
愿意与你
伫立在悬崖的雾霭里
可以有海风吹袭
可以让白天的故事
在夜色演绎
真的，我愿意
跟你走出世俗的藩篱

2018 年 11 月 17 日

岸浪至死纠缠

一

不是冷血，真的不是
陆地绑缚了我的身体
你飞扑，一千次
我，累累冬季

二

一次次扑得粉身碎骨
无法软化你的心。不是
贱得可怜，看，身后
失去退却的余地

三

碰碰撞撞，岸与浪
多少天地翻转
谁安排的爱与恨
至死纠缠

2019 年 10 月 27 日

漂 流 瓶

几乎喝一瓶白酒
呆滞了表情
打结言语
酒桌,专门定格他的"漂流瓶"
"她能拣到,多大缘分"
说着情不自禁
昏暗灯光,拉长墙上阴影
满屏,哀怨眼睛

约好三天后
品尝网恋结出的果实
第一次心甘情愿
回报心灵慰藉
"娜娜"要他的正面照片
发了。雨下着,天黑黑
失去"漂流瓶"
失去双肩背包宿营,音信

如果不发照片
见面了,又将是什么结局
他喃喃自语

那 片 沙 滩

沙滩。画一个同心圆
你把都市画在圈外
忘掉秋风秋雨
无邪的唇上
甘甜，落满

那时我的船
能载满诗与远方
载不动，你
一粒沙的重量
爱我的人与我爱的心
差了，一个季节
环流风的纠缠

光阴瘦了
不长也不短
老地方，一艘搁浅的船
没有舵没有帆。桅杆高挂
你蓝色的双肩背包

月亮牵着太平洋

多少时光？潮汐抹平所有想象

老地方，蹒跚脚印

一串。鲜红的葡萄酒

已嵌入白色沙滩

等待，天亮

2017 年 6 月 20 日

情人节夜晚

一

早早等待
这新月一弯
你在北方
我在南方

二

夏季湖边的双人椅
月色透凉
我独坐虚空
喘息，都是你的体香

三

清纯的月光
唐突滑过指尖，染黑
你长发及腰的酥软
我体内分泌的昏暗
变得光滑、透亮

四

鹭岛闹腾的七夕狂欢
堆放岸上夜阑
你说，时间还早
一湖裙摆的月光
让我独享

五

一年只有一次抚爱
累了也别睡
睡着了，天很快就亮

2019 年 8 月 7 日

第三辑 大爱是容器

想擦擦不掉

最后一点念想
也要带走吗
叶落时分
花一丛丛一簇簇消失
起雾时，尘埃纠结都市
落雨成愁

外滩，长长的木椅
放着陈旧记忆。大风
没能翻动
那页饱满的故事
我的思念，堆积在诗句里

想擦，擦不掉
想抠，抠不出来

2019 年 12 月 9 日

赶在初冬下雨前

这些年，日光都流到哪里
黄浦江边吉他
弹唱着"永失我爱"
落单海鸥，守着内心深处
灰色背影
痛苦一点一点地殆尽

南京路橱窗
还是那样老式
时光倒流，能找到旧时的雨
淋你右肩，湿了
我的左臂
一把红色小纸伞，路上

也许，偶然想起
别忘了寄来我的幼稚
你远方的诗
也许你会回来
一定要赶在初冬下雨前
那时，我还美丽

2019 年 12 月 9 日

樱　花

撞上
你嫩红嫩红的私密
醉了山岗，朵朵
纯粹的生机

那年二月，我到福冈
找不到你的高雅、清秀、独立
蓬莱人说，今年天太冷
樱花晚些时候，才有消息
都怪我心太急

无数次给你写信
还有梦里。没有你的回音
巷口，绿色邮筒
孤独得好可怜

此时，不期而遇
多大的神奇
你淡淡地对我说，"不认识"
给你写的信，落款
都有白鹭的记号

你有印象吗
还有我，寻觅你的足迹

我没抱怨你，真的
我只是你万千粉丝中的一个
只是时不时
对着天空，傻傻地喊
你。不管晴天，还是阴雨

今天，天气真好
是我的幸运日
瓦蓝的天空
飘着白云，飘着白鹭的诗

让我们击掌，明誓
你若收到我的信
一定要抽空回两个字
"晚安"。别扔下我，在黑暗里

2020 年 3 月 13 日

第三辑　大爱是容器

第四辑 ————————————————

时光没日历

朦胧的距离

——凭吊顾城故居

谁，荒废，山的一角
让岁月修复
谁用一棵大树
挡住小楼视线，去路

谁的孤独，还挂在
树梢的空气中
摇曳着风雨
不敢离去。离去
去，哪里

树枝树根的呼吸
风一吹，感受彼此的距离
没有，一点点加持
一点点的修饰

也许，只有这样
似近非近
才能看清，每片树叶
不同。花香差异

才知道枝头撑不住

世俗

激流岛。天空

湛蓝湛蓝的孤寂

谁忍心追问，那顶

白色牛仔帽子的含义，去处

2020 年 1 月 31 日激流岛

　　【红力读诗】显然，诗人很注重现代诗的技巧。他很懂得名词的组合，所以他的诗很干净。你能够感觉到他把自己的情绪凝结于视觉所感，让视觉所感带着情绪自然流动。如这首凭吊顾城故居的《朦胧的距离》。荒废是眼前景，山的一角亦是眼前景，而谁的不确定性既有一个确定的所指，又是人生无确定性的悲叹，由顾城及人及己，以谁来表达，算是找到了最恰当的代词。挡住小楼视线、去路，都是由眼前景实描而语出双关。孤独是一种普遍情绪，此时，诗人也许更能感同身受地理解顾城的孤独。而这种孤独未必是诗人自己的孤独。离去是凭吊对象的命运，而"去，哪里"未必是诗人自身的惶惑与对生命归宿的疑问。凭吊者与逝者之间的互动通过树枝与树根的呼吸完成，这是诗人视觉可以触及之物，触及不了的东西只有靠自己的心灵去体验。而只有通过可感的树叶和花香的不同才能抵达对于不同人不同的微妙感觉，而这些，哪里是世俗可以理解的？人生的孤独是注定的，就像激流岛，就像激流岛的天空。而这种孤独的命运，去哪里找到归宿呢？

陶波湖夕照

你说我，在新西兰
放浪了这么多天
一张照片都没发给你
忘了，地球还有另一半

就把刚刚拍摄的陶波湖
夕照，发上
金灿灿的余晖
让辽阔波浪
涌动着送到你的身旁

如果你要
浪里追逐的男女老少，嬉戏自然
还有，错落坡上
席地而坐的丰盛晚餐
孩子打闹着，父母
悠然。咀嚼远方

如果你还要
我将传去木凳上的孤单
就像你宅在家里

接受疫情挑战

上午，胡卡
一条躺着的瀑布
让你体验南半球人的奔放
特别是，从玛玛库高原
一跃而下，历经百年过滤
才到达北岛地表
蓝泉，动人心魄的湛蓝
图片数据太大，怕你的微信容不下

我跟一群胖嘟嘟
海鸥交上朋友，拍摄它们的摆姿
真的很骚
我想"精巧的翅膀"了
杏林湾的白鹭
你能否传一张照片给我
就发到今夜梦乡

2020 年 2 月 1 日

【红力读诗】读到这首诗时，我感到很惊讶，因为这首诗中有两句话和我 2 月 8 日一首诗中两句话的意境几乎一样。这两句是"图片数据太大，怕你的微信容不下"。我知道这完全是一种令人惊讶的巧合，不存在谁抄谁的问题，因为我不认识这位作者，作者也不认识我，以前从未有交集。而收到他这首诗是 2 月 28 日。这样巧合完全是因为我们两人遇到了同样的技术问题而有所感。

　　这首表达爱情的诗写得挺有趣。诗人只是把自己的所见所闻告诉爱人，并把想念"精巧的翅膀"这个恋人之间独特的私密情话标志作为叙述对象，于表面的轻描淡写中，寄托了深深的思念和爱。

感悟萤火虫洞

假如，你想好了
别忘把躯壳，留在洞外
假如你，想好了
灵魂，交给怀托莫黑暗
它能诠释生命的简单
萤火虫。虫卵幼虫蛹虫成虫，死亡
生生不息的循环
生命功能，唯一繁衍后代

一切生灵
都是为黑物质存在
一切存在
总是，那么短暂

萤火虫洞，平行宇宙。银河闪耀
毛利人圣船
载着你我灵魂，孤单
重回母亲子宫温暖

在这里，黑暗，没有了黑暗
谁也不用，为谁制造

【红力读诗】新西兰的怀托莫虫洞是一个世界奇观，无论谁在那里都一定会有诸多奇妙的体验。而这首诗却抓住了黑暗中的生命这个重要感觉，将生命的繁衍、生命的简单、生命的短暂、生命的辉煌等奇妙的体验传递出来，让人感同身受。只有理解了生命本质，才会不再与生活较劲，从而达到与生活的和解。

你注定逝去

曾经，也有溪河的惊艳相遇
品不出，优雅知性
蓝泉，玛玛库高原的纯净
上帝胸前，一块蓝宝石

不敢触碰，你丰润细腻的质感
或橙或绿或蓝或碧
好个灵动少女，飘逸的长裙。别讥笑
蓝天挪不开步子
何况，我叛逆的凡心

做河里一株蓼萍草，一粒沙砾
拥抱你流淌轻轻
如畔上，几棵大树参天
三块石头，一首诗
"如果你注定逝去"

【红力读诗】任何人在美得让人惊叹的大自然面前，都会感到一种难以言喻的冲击。从这首诗中我们能够感觉到诗人那种难以言表的情绪流动。而这样的感觉，你最想告诉的就是你的恋人。诗的最后一句让这种美充满忧伤的味道。

蒂卡波小镇的夜晚

捧着一轮月亮
蒂卡波湖的夜晚
小镇窗户
溢出一片片空白
我坐在"星空下的草席"上
见不到银河从天上来

苍穹静穆，荒凉
我如一粒尘埃。渺茫

谁问我，好牧人教堂屋顶
为谁，白霜落满
谁问我，夜，为什么
找不到紫色鲁冰花
湖水湛蓝

谁问我，流星雨
上帝的泪吗
坠落，可有地方流淌
我问谁哟，我那丢失的孤单

2020 年 2 月 6 日凌晨

【红力读诗】孤独总是伴随着人类，这是人类的宿命。越是在辽阔空旷美丽的环境中，人的这种孤独感越是强烈。这首诗准确地传达出了这种情感。鲁冰花的色彩是绚丽的。据说鲁冰花的花语是苦涩。将鲁冰花置于夜幕之下，无论是绚丽还是苦涩都被孤独的情绪取代了，而孤独本身却是寻找的最原始的动力。

寻　　找

我们寻找，鲍德温
世界最陡的街道
脚下无视，但尼丁喧嚣
并肩坐在街的中央
倾斜。思考

这季节，鲁冰花
为什么还开着，料峭

我们寻找，箭镇停摆的时光
晨曦透过林荫
弯曲了小道
混浊的淘金河
青苔厚重，欲望荡涤

冷风，踏着落叶流浪
轻声细语纠缠

我们寻找，琼斯山巅。远眺
蒂卡波湖和亚历珊德拉湖相邻
颜色却区别分明，是恨还是爱

在这里发呆，不用刻意，与火星对话

一杯，土星咖啡
足够散发，内心孤傲

我们寻找，皇后镇人性的懒散
废墟里的基督城大教堂
摩拉基大圆石海滩的奇妙
沙格角的海豹
正赶上南太平洋退潮
灵魂去处，哪里寻找

寻找。剩余的时光
有颗"闲心"，与君如何找到

2020 年 2 月 8 日基督城

【红力读诗】当我在上一首诗的评析中写下"寻找"时，我并不知道这首诗的题目就是"寻找"。这是一种奇妙的巧合。当我看到这首诗的题目时，我真觉得这感觉太奇妙了。也许人生注定就是要不断地寻找，其实寻找什么，我们自己可能也不清楚。或许就是对于那些未知的好奇，支撑了我们的生活吧。我们在不断的寻找中试图填补我们灵魂的空白，而这样的填补却往往是于事无补的。或许只有爱才可以填补那灵魂深处的空白？

红力，《北京诗刊》执行主编。《诗坛周刊》特约编辑、特约诗评人。《诗赏读》《中原诗刊》以及多家诗歌平台特约诗评人。

蒂马鲁向日葵田

置身这样，场域
你能说，我只是流落他乡
辽远、广阔、纯粹
无垠的金黄

朝着一个方向
那样的自信满满
如我苦难的家乡
亿万颗心，把冰冷的太阳点燃

向日葵，怀揣宇宙信仰
我，心中的力量

2020 年 2 月 6 日

等待地球健康

一切都空荡荡
气氛，还凝固着伤感
偌大的湖泊，黄昏
只有我，一人
涂抹孤单

归巢白鹭，失去精气神
蔫了，灌木丛。翅膀
半天，才抖动几下
说是太阳，病毒感染

我的家乡，尽管树木抽出绿芽
桃花、樱花、三角梅
开得疯狂。被"偷走"味觉嗅觉的地球
还躺在病榻，看不到
复苏迹象

我知道，一切没有那么悲哀
只要，人心善良
煮熟时间，一定能看到
隧道尽头的曙光

阳光那么简单

菩提树下，落满笑语
我们喝着啤酒，吃着卤味
阳光那么简单
枯叶，穿越草地

海风吹着，白鸥的哨子
额头，刘海一丝凉意
我们咀嚼不出，昨天
窗户大小的春天日子。此刻
生活，充满年轻

这，解禁的第一日
环岛路碧波千顷
放飞了，一座城市
所有欲望，竟然多余

干杯，你我，好美丽

2020 年 2 月 22 日

诗人的胡诌

正好碰上太平洋灰色的"丹娜丝"
榕树凉了，向右向左就到达今天的相聚
拎着大本小本的诗集
见面就相互揭秘
诗人们曾经临幸的小城荷池

"井水摇"失去清幽
喧闹久久
如煮开的茶叶
知性沉浮
这一宿茶没饮几杯
却醉卧红尘诗词

说什么现在对橘子没有了感觉
对柠檬有了敏感
永远没有专一是诗的本质
说什么能从女人体内听出花开的声音
才是诗人真正的孤寂
于是大谈气质的小姨子
谈论四合院的距离
信口开河，随风落笔

就这样胡乱剪着西窗月影

剪着嫦娥伤口上鲜红的荔枝

偶尔瞧一眼窗外

人间灯火冷暖处，季风交替

我不信，一瓶老酒

能喝晕一桌秘密

不信只有酒精才够色诱

令荷尔蒙穿墙破肚

这一夜，脱了三观底裤

颠覆半生倥偬

今夜郎官巷

一

不管多少次改朝换代
三坊七巷的质感
细腻柔软
每一块砖每一片瓦
都渗透着祖先儒雅
郎官巷，今夜
诗潮，银河流淌
十六月亮

二

一条巷子有多长
岁月就虚设多大空旷
一场秋雨再短
撑伞人也遮不住自己的衣衫
入为官，出为民，四季轮转
添加古厝几道印记
正道沧桑

三

叶影拂窗，滴墨诗行
恍惚间摔碎水中月
铅华洗尽
如菊如兰

2019 年 9 月 14 日

落叶悖论

又一片叶子凋零
黑色的腐烂
枝头上参差不一的黄绿
流出悲悯声音
为什么眼泪，暗含窃喜
它们说，忘掉眼前的不幸吧
只不过是酷热中的一场细雨
能和着蝉虫歌唱
随着微风摇曳，已经值得庆幸

空中一群乌鸦掠过林子
黑白的翅膀刮起狂风
招来太平洋暴雨
不分红黄青绿惊恐离枝
光阴如此不堪，不确定
弱小的生命颠簸在雾里

我的上帝。冥冥中
可有一条绳子
绑定着树叶"人性"的特质
一片一阳一阴

一轮孤月供人感慨

那年夜幕降临
渡口停航
海滩上呆滞
多少跌宕的情感
谁在张望对岸灯火璀璨
忧伤砌成岸礁
一轮孤月，供人感慨
多么卑微的倔强

今又站在海滩
岁月依旧穿梭两岸
你用手机订制了十五月亮
一片滚烫的月光落在唇上
是你给的奖赏

月光下，海滩上
不用闭目寻觅你的倩影
隔着手机屏幕
对饮一杯杯美酒
聊着贸易战鱼肉价飞涨
笑声回荡，一桌丰盛的家常话

亲爱的，未来一桥飞架

早出晚归静静地等待

2019 年 9 月 13 日中秋夜

穷诗人的脊梁

湖面闪耀着一片
璀璨，鱼群游动
鸟儿水底翅膀
或者江湖诗人的梦幻
我多渴望，它是一颗颗
晶莹剔透的钻石
用奶奶编制的簸箕，打捞

钻石，一元硬币大小
分给群里的诗人们
"人生如寄"目标
不用等到 2030 年来到
诗人不穷哟，富有得只剩下
那根脊柱。笔直陡峭
不用柳枝顺风飘摇

2019 年 11 月 6 日

放 风 筝

儿时放风筝
风筝像童话的船
装满好吃的
还有一千个逆反
那山外的山，天外的蓝
是清澈的眼眸
纯粹远方

今天，放风筝
风筝像湖泊宁静的自然
叶落知秋丰满
鸟鸣夕阳
尽是家乡古早味道

人生真短
童年的梦好长

2018 年 11 月 11 日

乞 丐 和 我

天桥衣衫褴褛
老乞丐骨瘦，手指
冷风哀鸣。恻隐之心
一元钱的硬币
高高扔下，瓷碗破旧
声音贼可怜
满足了，自己的善良

2019 年 12 月 8 日

第 五 季

一年只有四季
为什么不能有五季
这一季只为后悔生活
一切重新排序

河水倒流
沙漠变成绿洲
真的？拯救自己
上帝对话蝼蚁

2019 年 12 月 8 日

俗 家 弟 子

一根白发落下
砸旧了《大藏经》留白
鹅卵石庙前多一块
光亮。顺其自然
从不解释浮云神马
困惑用来点燃
寺庙铁炉，香火旺

打从孩提
遇寺必进见佛合掌
法师说，我有慧根
不敢怀疑。信徒施礼
袈裟，遮不住三寸风雨
善缘渡口寻找
找不到呀，法师

懵懂的我，彷徨间
打碎，一尊泥塑菩萨

2019 年 10 月 28 日

阴　阳

左半边脑袋瓢泼大雨
右半边日头曝晒
双脚刚刚落下，劈成两半
田野偌大，就我得"奖"
憋闷半节盲肠

谁画的这条阴阳线。大河浩瀚
白天忙碌，夜晚蜷缩梦乡
人，被驱使的奴隶
成群"牛羊"

没有选择的自由
冥冥之中宇宙运行，无语小草
合二为一的阴阳
一，归哪里
操控天宇的"玛士撒拉"

2019 年 10 月 28 日

风 水 云 真

乾坤坎离震艮巽兑
齐聚。八卦胜地
青龙回首戏珠
形象逼真。仙境
山峦叠翠
承接海上蓝云升起
多少风水大师
搭台论著，众生迷信

云真，为熟人父母
寻找的不是面朝大海
千夫，白日朝拜
夜晚万盏灯明的大格局
墓落陵园山角，独立
云里雾里

翻开一本古书秘籍
指点前后左右
现场脸谱对照千年墨笔
这是龙的天柱穴
一块风水宝地

他说，一穴十葬九穷

全靠罗盘刻度线的学识

差一毫千里

2019 年 10 月 27 日

墨斗坚守

墨仓线轮墨线墨签
简单组合的工具
墨斗不计较，用时手足
弃之衣服
墨线弹在木泥石上
一道"圣旨"，上帝给予权力

"前进"，纤夫的使命
"后退"，落叶归根
不管横直斜
条条都是黑色的耿直
性格决定的命运，岸边礁石
偶尔，竹签歪歪扭扭
落下几笔，工匠岁月天书
无人认识

墨斗流不出诗词
注定不能行笔宣纸
不管弹出多少两点成一线
成就多少惊世建筑，也仅仅是
人间最简单的定律

墨斗粗糙的身世。不管
岁月怎么更迭，坚守自己的价值
默默，延续祖先足迹

2019 年 10 月 29 日

澳门威尼斯城

用金钱堆砌的城堡
日夜吞噬着人流欲望
头顶飘浮不动天空
幻觉是天堂
一段威尼斯河忧伤
威尼斯人的吉他
不在乎钱多钱少。赌场
喧嚣贪婪

谁将普世价值，"公平"
雕刻得金碧辉煌
行走在橱窗内
还是橱窗外，佳丽们
千姿百媚的品牌
这十里洋场能听到
脆弱男人的骨骼，爆裂声响

一切都显得苍白。金钱权杖面前
尊严只是一种卑微虚胖
没有血色的嘴唇
交给鲜红亮丽的唇膏

睫毛失去同温层
冷漠，等待

丞仔海风，吹不进来
吹进来，也撼不动欲望高山

2019 年 11 月 16 日

路环岛童话

小镇裹着彩色涂鸦
图案。失去纸醉金迷的温床
身心搁在路环岛的淳朴
一本古老童话
路窄着呢，车不拥挤
葡国蛋挞店排队很长
也没有惊动一方水土
麻雀觅食街道

我寂静的脚印
已被阵雨淋湿，海浪
挂在渔船的锚上
沉思的人，岸边撑伞
贴着彩色墙留个影
可找不到摆拍自己的位置
几张西式风格的桌椅
容纳这么多心事
安德鲁咖啡店坐满
涛声，小镇的风情别样

2019 年 11 月 17 日

明 天 霜 降

湖畔。傍晚
风有北方深秋的质感
落叶在草坪打了几滚，没人知道
只说明天霜降

通幽小径
尽是木棉花凋零的伤疤
四处归巢
鸟鸣，一片混乱

岸左岸右，都想
把第十八节气扶上
免得生活过得
白天闷热，早晚凉拌

我这样翻了日历纸页
是否，太过轻率
背面是你败落的红颜
正面我将承受风霜

2019 年 10 月 23 日

蓝 花 草

降生贫瘠土壤
打上卑微印迹
紫蓝色，不染一尘
天生丽质
不爱星光大道
歌出天籁之音，尽是土地味道

你，带草的名字
从不匍匐喘息
不渴望白云、蓝天
不怕风雨侵袭
亮丽的身躯
只为爱人燃烧美丽

哪怕一生滴落
也不入，繁华都市

2018 年 10 月 11 日

美丽异木棉

一

浸泡多少风霜
你忘我追逐光芒
姹紫嫣红，满树点燃
而今，找不到天际的蓝
你的繁华落尽
丢失了，年少时光
远，不在远方
明年，你是否依然

二

秋风来了
来自远远的彼岸
一阵消瘦，一阵枯黄
你把艳丽还给泥土，腐烂
宿命，是否早已安排
这一段新一段旧的纠缠
明年你，回不回来

白鹭天堂

一只，一百只
上万只精巧的翅膀
放牧，辽阔水域
成群"牛羊"

填饱肚子，活着简单
自然界崇高信仰
白鹭，霸气一方
筑巢自己的天堂

少了文明的多少烦恼

2019 年 12 月 5 日

垦 丁 的 海

从来没有这样的念想
放纵的心
在陌生中游荡
从来不曾这么奢求
与你相遇
春暖花开无遮无拦

静谧，广袤
低吟着恒久、纯净
轮廓的线条美
冷漠中抒情，奔放里柔媚
你的蓝，融化我
多年积攒的孤傲
还有退潮般纷乱思想

就在这里修篱种菊
不再为五斗米伤感
落日余晖
青草淡然
与你醉一段时光
蓝色，夕阳

榕树的父亲

打从记事，门前那棵榕树
早已独木成林
向下垂挂的浓密气根
多像你花白的胡须
家里一言九鼎，不可抗拒
兄长们小小的忤逆
也会被木条追着惩处
对我，你没一句苛责

我是你六十岁
老年得子的"宝玉"
可你知道吗
别人可以牵着父辈宽厚的手掌
小手包裹着浓浓爱意
我好渴望好嫉妒
是你弄丢了父子间的通关密语
我的——父亲

每当想起你
有个画面总是挥呀挥不去
饭后有心事的你抽着水烟

纯铜的烟壶咕噜咕噜
烟雾缭绕额头深深的沟壑
你的沉默压抑全家欢娱

父亲呀，你的肩膀
从来没有扛过我瘦小身躯
老态龙钟的榕树
已无法承受岁月之苦
你常对人说，这孩子
手不能提，肩不能挑
长大如何生活
落在我身上的目光
每每充满忧郁

如今，家乡那棵榕树
每条气根都撑起一片绿
开花时有黄的也有淡红的
落果时赤褐色撒满一地
只是你建的大房子不见了
黑色油漆，漆的大门不见了
那口青石板砌成的
四方水井也不见了
如同你走了几十年
从来没有在梦里与我相遇

父亲呀，耄耋只是你的身躯

枝繁叶茂是你生命的延续
要不岁月到这份上
你还宛如一把巨大的绿伞
撑起一族无垠天宇
我是你垂挂的气根
与你柱枝相托，机理相连
分不清的彼此

父亲呀，今天我与你一样
专注扩枝散叶
隐退了你给的乳名
隐藏了生死相许
把一条条气根
迭代成远近岁月的领域
我想你了年轻的父亲
今夜如果有梦
我在那棵榕树下等你
一起觅风听雨
一起感觉另一种的境遇

2019 年 6 月 13 日

写在父亲节之前

第四辑 时光没日历

母亲的愧疚

原谅你了，母亲
六岁到农村玩耍
差点弄丢了你的宝贝
乡下到城里的鹅卵石路
用小脚丫丈量
真的好长好硬好累
白云被我走成了黑夜
只有萤火虫伴随
你哭着用竹枝敲打桌面
我绕着桌脚抽泣
可我想你呀母亲
为什么把重逢的喜悦
瞬间打碎

那条路走得好长好远
从童年走到少年
从为人之子
走到为人之父
你每年都提几回
"孩子我只打过你一次"
直到回光返照

说着，眼睛还含愧疚的泪

母亲呀，那已是遥远的记忆

童话里一滴晶莹的水

从此，你不必愧疚

2019 年 5 月 12 日写于厦门

归你一江风景

零点过后，
过渡的星光
总会掉落几颗记忆
你我的经历
青丝长出鬓角秋季
分别后，有过几次偶遇
喝高，尽是年少无知
谁都没读懂
镜台山下的日记

如今邀你
五月，余晖沐浴
不管落日闽江，漂泊几许
你我有酒有诗
有半生狼狈的故事
寻得，这处净土
空空的酒瓶归我
岸边新人的喜庆归你
归你五月，一江风景

2019 年 5 月 26 日

白色三角帆

翻过飞鸾岭。那年
行色匆忙，没有迟疑
三角帆白色，粗糙的木桨
都在海边堆积
多少遥远的记忆，冲不淡岁月痕迹
青春，一叶扁舟
常常摇出，梦境千里

你我"江滨一号"相聚。忘了
名誉、福贵几许
提及《三角帆》
窗外小路潮湿。室内弥漫
"诗人与乞丐"的忧郁
故乡的三都澳
此时，潮落还是潮起
我们的诗句
是否，还沉浮在浪里

2019 年 5 月 25 日

邂逅蜡梅

邂逅了
老城区的冬寒
一条不知名的小巷
风，时不时撕扯着忧伤
围墙挡不住
你薄薄的鹅黄
随风摇曳着渴望

没有花能开的季节
你孤独绽放
是为打发时间的惆怅
还是望见了，春天
走在回家路上
我陪你，临风而立

2019 年 1 月 22 日

你　好

多么温馨的问候
森林，第一缕晨光
如山涧跳动的珍珠
很柔很嫩很长

行进的路上
你我没时间问好
不是名利太过沉重
时光太过匆忙

只是习惯了远方
习惯生命的虚幻
直到回首
寻找的就是曾经相伴

不必追求梦想
拥抱纯真的情感
足够，走过四季
你我璀璨

2019 年 1 月 1 日

聚 会 年 少

别问初春呢喃
丢失了多久时光
别问两鬓斑白
岁月怎么染上。今夜
红领巾又吻面庞
每个笑容闪耀星光
不沾一粒，人间尘埃

嘿，一声弱弱呼喊
闪过黑白照片张张
叫不出你的名字
真的，是上帝遗忘
在你的沧桑
我寻觅到青涩嫩蕊
情愫初开模样
没有风吹的夜晚
谁的心，挂在树梢
不停摇晃

记得校门前的海滩
画满童真的天堂

跳跳鱼彩色小螃蟹

弄脏你的花裙

我新鞋一双

海滩，后来飘起稻香

我开始了多愁善感

如今又演绎城市疯狂

少小的故乡哟

被谁驱赶

世界变得如此不堪

找不到儿时古巷

那两边高高围墙。雨停了

屋檐雨珠，落得好慢好慢

慢得，我再也看不到紫薇羞涩

听不到，你的塑料拖鞋

踩在青石板上，声响

这一夜说得好长

多少芬芳

盛夏枝头疯长

如童谣穿过月色

落满，荷塘青青荡漾

不再年少，没有两小无猜

2018 年 6 月 1 日

泪湿半个世纪

额上每一条皱纹
都是迷失的童年吗
黑白错落头发
寻觅不到
山涧，潺潺清流
脆生生蛙啼

儿时奢求的丰盛佳肴
竟然被黑白条纹桌布
定格在酒席上
满室只有尘封旧事，洋溢
彼此无忌的疯言疯语

多少遗忘
在清脆的交杯中返青
一句曾经，泪湿了半个世纪
一生那么短，几根白发长

2016 年 10 月 2 日

"白鹿"真叫人失望

多渴望来一场风暴
狠狠地消费一下闷热的鹭岛
好不容易等到"白鹿"
贴着窗户不停嘶叫
葡萄大的暴雨
急促地顺着玻璃流淌
多像你的疯狂

打开紧闭的窗户
让风吹进来，让雨泼进来
浇湿屋内所有等待
把一切熟悉的都掀翻
让堤坝外海水冲进杏林湾
从此，没有湖只有海

海鸥朦胧中飞得老高
湖面只有几层小浪
追风的人还带着狗，湖边溜达
风呼呼地叫
白鹭成群觅食不躲不闪
这台风真叫人失望

"白鹿"走了
留下梅花印一串
初秋的伤感
平添一份失落的无奈
你，还好没来

2019 年 8 月 29 日

台风天聚餐

"利奇马"擦肩而过
夏蝉无声，海风滚烫
香莲里海鲜排档
已被笑声布满
青涩的果实
经受住暑热煎熬
熟透了，这群曾经的同僚

熬过漫长的夏季
我们有了食欲有了欲望
尽管没有高档的美食佳肴
也吃着满嘴荒唐
吹一瓶，忘了塞心的房贷车贷

不惑之年的苦涩
在人前，总是那么简化
这样坦然

2019 年 8 月 10 日

雪 地 浅 藏

飞逝的这段
已然冻得很短很短
入夜激情四射
凌晨，已被遗忘
谁能说出，光阴路过的颜色
血液交集悲喜
这冷冷暖暖的夜，交换

新年伊始的雪
大片大片掩埋尘土，浮躁
泥炉煮雪的地方
尽是童话
我喜欢这样的掩埋
掩埋时空裂断，风的呼啸
掩埋生的患得患失
死的悖论，迷航

别了，2017 年的日子
雪地浅藏

2017 年平安夜

原以为，2019

原以为，关了那扇门
2019 是崭新的容器
装什么随我自己
看来不可能
好几天，湖面罩着灰蒙蒙
打湿的日子
只有焦虑撑着黄昏

原以为
风与雨，云与雾
相聚与离恨
一切都会重新分配
看来不可能
湖边小道零乱的落叶
风轻轻一吹
飘起愁绪，散也散不去
我那渐行渐远的梦域

2019 年 1 月 16 日

等待飞翔的翅膀

走完今夜
时光，2019余音
就会消失在路上。风
追赶到尽头，满天繁星
找不到几颗闪烁
我没有沮丧

毕竟将湖边栖身
小屋，嵌满诗句想象
出世与入世，童心未改。等待
静下来的波澜
等待，满天飞翔的翅膀

2019 年 12 月 31 日午夜

黄 花 风 铃

刚刚转过，山坡。一角
惊艳，心跳
迎风吹动，一袭
鹅黄，轻飘飘
沐浴嫩嫩的阳光
满山透亮
为谁，一丝不挂

怒放。高冷树梢，毫无忌惮
凋零的花瓣
点缀山坡野草
开也艳艳，落也娇娇
皆为，患病初愈的春天
感恩千万

湖畔，三角梅，红了波澜
看不到，鱼群游荡
天空尽是白鹭，翅膀
是否，为摆脱时光的困境
黄花风铃木，高举
自由。明亮

小叶榄仁树

满树金黄
几阵狂风吹光。为什么
输给"倒春寒"
你可是挺过了
冬季漫长

2020 年 3 月 5 日

火　焰　树

开得那么火红，干吗
还不到你的季节
上场。柳枝刚吐出
几枝嫩叶，桃花初开
是否，太过匆忙

2020 年 3 月 5 日

蔓马缨丹

陪伴我
那么多年孤单。刚刚
才知道你的名字
紫色的小花
蔓马缨丹

2020 年 3 月 6 日

美丽异木棉

果实，还挂树上
枝头又嫩芽
轮回四季变化
你，为了啥

2020 年 3 月 7 日

芦 苇

一片片衰败
浸泡自己脚下
水里，冒失窜出绿芽
你说，新春，谁有希望

2020 年 3 月 7 日

落寞，谁的冷暖

白鹭，收起
精巧的翅膀
湖上最大岛屿，谦让。候鸟
鸬鹚，清晨到日暮
黑压压翻来滚去，湖水
大片大片的叫嚷

习惯一两声，鸟鸣宁静
足够，唤醒梦里他乡
久久湖边生活，颠覆
美学内涵。长出
慢悠悠，心态

忘了，对世俗规则的崇拜
独揽生活自由。不知道
落寞，谁的冷暖

2020 年 3 月 18 日

巧　遇

多少次，巧遇
小道，弯弯曲曲
你我相认，不相识
亭前荷池，清透水碧
吹不动，一丝丝的涟漪

今时，相遇，你清瘦些许
及腰长发，随风飘逸
伤不起，冷艳高贵，气质
谁代我问问，问问多余。远去的
忧郁、淡薄的背影

想想也是，即使认识
也只是头顶一片白云
隔着朦胧的距离
胜过一座
洗心亭

2020 年 5 月 9 日

江 南 梅 雨

只有江南，梅雨时节
朦胧的空灵
才有入心感觉
才有，时空的忘却

浸泡，雨水的叶子
光泽嫩绿，落下一滴滴
你的昨日，我的昨日
才理解"绿肥红瘦"
今天，这份忧郁

天，时不时，凋败的雨
缓也好，急也罢
那份性感，那份凉意
拣不起，雨中人的境遇

这样轻易，飘摇的梅雨
为谁，守着自己
守着前尘往事

2020 年 5 月 30 日

失　眠

一次次从床上坐起
无奈，跟黑夜抗争
想着尽是鸡毛蒜皮
辗转反侧自己
手机里的垃圾新闻，被不停翻阅
思维，空洞跳跃

身心，交给了疲倦
怎样也无法控制自己
那一丝睡意，抓也抓不住的牛鼻桊

至黑时刻，开始
发现，窗帘的缝隙
总有细微变幻的颜色
黑，从深到浅
我知道，天会亮的
所有祈盼，也会回到
原点

即使，摆脱眼前的黑暗
又如何面对白天

我莫名产生
黑色眷恋

2020 年 5 月 24 日夜

不是你来到

如果不是你来到
这里只是，囚禁孤独的山岗
绿风，四周游荡
吹软石头，吹老了树干

如果不是你到来
这里的暮春，没有味道
小岛，白鹭，喧闹
栖息阴影，明亮

如果不是你来到
哪能散发出酒的豪放
熏疼湖畔静态，一群人
搬不动，几叶白帆

如果不是你到来
谁会补偿，这一季孤单
轻轻流逝的时光
换回，湛蓝，几两

2020 年 4 月 13 日

袈 裟 色

闲暇时光
湖泊交给落日
余晖风涌，流浪

南边，袈裟一袭
不正色，洗不尽。找不到也参不透自己

2020 年 4 月 25 日

湖　　祭

头低垂，湖泊
湖水把它抬起
抬着，天一样高
仍然无法接近
故乡亲情

每年的今天
我坐在祖墓坟茔上
与年迈的父母交心
才知道岁月老了
才明白，自己为什么年轻

车票，买了又退
找不到理由的决定
一整天呆立湖畔
天阴阴。为谁怜悯
梅雨，清明

我知道
如水的时光很远
父母，很近

32 号咖啡屋

相信，能读懂
哥斯达黎加咖啡
只有六月凉风
老板说，采用冰酿的工艺，尝尝吧
苦涩是它的本性
小巷、别墅，绿荫
轻轻擦拭

这里的咖啡，不加糖精
入喉苦涩，久久粘贴过去
那年老别墅还是新房子
三角梅还是一株幼苗。如今
只有窗台上，休闲的时光
每一刻，还新鲜、透明

想想，能品味
炭烧般原汁原味的人
总忘不了，青春痘的印记
注册一个微信账号
取名，"大王离开花果山"
用一头猪、两只猴做商标

一切才刚刚开始

上路记得，带上咖啡的原始

也许，真的也许，不小心

把自己绘成蓝天白云

2020 年 6 月 7 日

后记：烦心·养心·闲心

　　本不该有《一扇窗》问世，它纯粹是一个意外，主要推手是哈雷。我和哈雷、余禺年轻时相识，一起创建了"闽东青年诗歌协会"。我任秘书长，实际上是个打杂的。后来，我从事新闻工作几十年，偶尔写写诗，也只不过是调整心态。而哈雷和余禺已是中国作家协会会员、编审、著名诗人。

　　近年来，在哈雷和余禺的鼓励帮助下，我重新执笔，读诗写诗成为自己生活的一部分。在近30家杂志和新媒体平台上发表诗歌，作品入选多种诗歌选集。哈雷说我小宇宙爆发了，要我出书。还没等我反应过来，他就给海峡文艺出版社社长打了电话。在虚荣心作祟下，我收录了已公开发表的138首诗。这些诗，绝大多数是在近三年写的，是我退休前后的心路历程，并取名《一扇窗》。

　　为什么取名《一扇窗》？退休对每个人来说，无疑是已知窗户开始关闭，另一扇未知的窗户正开启。熟悉变陌生，陌生在眼前。短时间内，这种社会、生活环境的急剧变化，对退休者心理的冲击，远远大于在职时所承受的精神和肉体压力。现实中，大部分人能走出来，也有一小部分人却沉沦了，从而产生了许多个人、家庭和社会的问题。

　　我也一样。当一扇窗户对我关闭的时候，因诸多因素，我对崭新的生活选择逃避，几乎断绝了与外界的联系。徘徊在住家的湖畔，消磨着时光，内心深处总有被一股浊气压抑的感觉，淡淡的忧伤，寂寞无处宣泄。心烦，真的好烦。哈雷对我说，写诗吧。写诗不但可以养心，还能防止老年痴呆症。

百度解释："养心"就是拥有心理平衡的重要方法。《黄帝内经》中释义为"恬淡虚无"。

想想，读诗写诗是我一生的爱好，劳碌半世，重拾旧梦，也是件好事。特别是，诗的隐喻性，既能包蕴自己真实的想法，又能抒发自己的情感，很适合我这种一辈子中规中矩的人。我开始沉迷于写诗，渐渐地走出了孤寂的阴影。不再将徜徉湖畔当作生命的圈禁，而当作对崭新生活的选择、理解。

湖边的日子，我认识了许多花草树木，并能叫出它们的名字。对白鹭、水鸭、海鸥有何特性，它们如何适应四季气候的变化等，也有了粗浅的了解。

我把对自然界的观察，跟自省联系在一起。看自己的过往，看自己的内心世界，看自己与世界的关联部分和分离部分。过去的孤独、忧伤、疑虑、失望、成功与失败……我一点点地把它撕开，从中寻找我是谁、我从哪里来、我将回哪里去的答案。终于，我感悟到，所有的烦恼都出于个人的欲望。人只不过是大自然的一员，跟一株草、一朵花没有本质的区别。我接纳了外界，也宽恕了自己。每当写完一首诗，我总有一种感觉，仿佛不是我在写诗，是诗在写我。

　　　　人，只属于自己
　　　　放逐天地，草芥无异
　　　　我忘了我的过去
　　　　活出一株草

一朵花的日子

不用还给往昔

不用辜负自己

（摘自《忘了我的过去》）

许多曾经的同事看见我时，说我变了，变得谦和，平易近人。我明白，我放下了，放下了一切该放下或不该放下的东西。我为自己开启了一扇四季鲜明的窗。

如果养心，是治愈生活的伤口，是把过去归零，重新再来；那作为诗人，他又应该怎么对待生活，对待诗歌？

前一段时间，我总感觉内心有点空。20多天没有读诗写诗了。这并非心不静，而是发现自己下不了笔。

在新西兰南岛的摩拉基大圆石海滩岸上的一家咖啡厅，我和哈雷谈了这种状态。他说："写诗要有'闲心'。"我沉默了。

明代阮大铖《燕子笺·拒挑》："闲心已作沾泥絮，不逐东风上下飞。"看来要从养心到闲心，是一种人格特质的跨越。闲心，不仅仅是表现人的一种生活状态，更是体现一个有高品位的人的精神状态。记得法国著名存在主义文学大师阿尔贝·加缪说过一句话："如果你一直在找人生的意义，你永远不会生活。"

"养心"，让我实现了从管理者向诗人的华丽转身，明白了人从哪里来，要回哪里去。但，没有让我明白，在这短暂的人生中，人对现实生活应该持什么样的态度和方式。

哈雷说，诗人是拿文字修行的人。可见诗人并不是不食人间烟火的虚无主义者，他们对生活有着天生的负重感。诗对诗人来说，不仅仅是情感表达的载体，而且是思想的归宿。诗人热爱的是生活、自然本身，不在乎留在土地上的每一个脚印。

哈雷在《写诗的人——兼赠马振霖》诗中写道：

只有诗人是人
其他一旦成名
不再是人，变成"家"
如：作家、画家、书法家、漆艺家、音乐家、舞蹈家
如果叫诗家，身上发痒
诗，总于世俗之物保持古老的
敌意

是呀，诗人追求的不是艺术的巅峰，而是精神世界人格完整的原野。能达到"闲心"境界，哈雷已是。我凡心不死，肯定不是这块料子。出这本《一扇窗》，只是附庸风雅。但对"闲心"的向往，我在《寻找》的最后一句，是这样写的：

寻找。剩余的时光
有颗"闲心"，与君如何找到

2020 年 6 月 15 日
写于厦门水晶湖郡